U0940234

# 奋进新征程

## 中国工商银行
## 工银文化荟故事集

中国工商银行 编

東方出版社

# 序　言

## 讲好奋进故事　荟聚大行精神

奋进是中国共产党人一脉相承的精神特质。“坚持真理、坚守理想，践行初心、担当使命，不怕牺牲、英勇斗争，对党忠诚、不负人民”的伟大建党精神中，处处回响着奋进的音符、充溢着奋进的力量。

党的十八大以来，以习近平同志为核心的党中央大力倡导奋进精神、弘扬奋进文化，推动中国特色社会主义进入新时代，中华民族伟大复兴的中国梦展现出前所未有的光明前景。“时间属于奋进者！历史属于奋进者！”习近平总书记掷地有声的话语，激励全体党员向着伟大目标勇毅前行。

中国工商银行成立之时，“奋进”就带着历史的体温，在工行文化中烙下深深的印记。三十多年来，无论工行文化如何发展丰富，“奋进”作为精神内核始终一脉相承、一以贯之，持续激励全行做“坚持真理、坚守理想”的传承者，“践行初心、担当使命”的奋斗者，“不怕牺牲、英勇斗争”的奉献者，“对党忠诚、不负人民”的践行者。

在决战脱贫攻坚、决胜全面小康、统筹疫情防控和经济社会发展等过程中，工商银行涌现出大量感人至深的奋进故事，生动诠释了新时代工行人践行初心、担当使命、拼搏奋进、追求卓越的精神特质。《奋进新征程——中国工商银行工银文化荟故事集》将这些故事加以收集整理，不仅是对过往精彩的忠实记录，也为我们赓续传统、继续前行提供了动力源泉。

新征程上，全体工行人要全面贯彻习近平新时代中国特色社会主义思想，继承和发扬伟大建党精神，始终站在时代潮流前列、站在金融发展前沿、站在攻坚克难前线，以更加一往无前的奋进姿态，全心投入世界一流金融企业建设的伟大事业当中，为党的金融事业发展不断作出新的更大贡献。

陈四清

二〇二一年十二月

# 目　录

CONTENTS

## 第二篇 奋 斗

# 第一篇 传承

——做“坚持真理、坚守理想”的传承者

坚持真理，就是要坚持马克思主义科学真理；坚守理想，就是要坚守共产主义远大理想和中国特色社会主义共同理想。实践证明，中国共产党为什么能，中国特色社会主义为什么好，归根到底是因为马克思主义行。在新征程上，我们必须坚持以习近平新时代中国特色社会主义思想为指导，熟练掌握马克思主义立场观点方法，不断增进对党的创新理论的政治认同、思想认同、理论认同、情感认同，不断提高政治判断力、政治领悟力、政治执行力，增强“四个意识”、坚定“四个自信”、做到“两个维护”。

# 锋　芒

## ——中国工商银行辽宁分行践行雷锋精神故事

如果雷锋依然健在，
这位年近八旬的老人或许会问：
“究竟我做了什么，才配得上你们如此的爱戴？”
而我们却不禁要反问自己：
“究竟是我们做了什么，才配得上这样的雷锋？”
拥趸之余，也许只有在慢慢回述中，
我们才会蓦然发现，
有些时间，从未停止；
有关他的记忆，从未剥离；
而那些发轫于他的锋芒，自始至终，从未远去。

### 缘起峥嵘　一脉相承

“锋芒”源自怎样的造就？也许早在六十年前，雷锋就用自己的言行给过我们答案，虽然时间太过遥远，就连记录那段过往的照片，如今也已现黄斑。

出生于贫苦农民家庭的雷锋，年仅7岁时，就成为了孤儿。正是这样艰苦的童年，让雷锋从小养成了勤俭节约、乐于助人的好习惯。为了在最紧急的时候帮助到需要的人，雷锋每月除了买肥皂、牙膏的钱，剩下的他都存储在“七百储蓄所”（现工行辽宁抚顺雷锋支行），以作善款。

从捐助和平人民公社成立到捐建河南省巩义市回郭镇干沟子小学，一笔笔善款早已脱离了货币的本来意义，成为闪闪发光的历史，盎然悦动。而这一切，在雷锋的笔下却只是轻描淡写的一句：“我把钱寄去了，心里也就快活了。”

当年经常为雷锋办理业务的储蓄员王玉珍，在她青涩的记忆里，满是雷锋传奇的序章，初见惊艳，如今依然。忆起雷锋时，王玉珍如是说到：“雷锋特别谦虚和蔼，来储蓄所排队的时候总往后站，让别人先办，等到没有人的时候他才办业务。我们跟他说解放军战士优先，他却说让老百姓先办。”

1961年的一天，一如往常，工行辽宁抚顺分行储蓄员王玉珍在七百储蓄所（现辽宁抚顺雷锋支行）为雷锋办理了一笔普普通通的存款。

雷锋转身离去后，便再也没有回来。

年仅22岁的雷锋，只留下了至今依然珍藏在雷锋支行的两张存单，留下了他炙热的精神火种，和一段与工商银行的不解之缘。

离别时，一声叹息，楷模的光辉印记在岁月之中，不复过往；

风起时，一声长啸，雷锋精神仍在辽宁工行这片热土之上，不绝回响。

曾经的七百储蓄所，已然肩负雷锋之名。今天，工行辽宁抚顺雷锋支行始终以传承雷锋精神、无私奉献为己任，从经常性的学雷锋共建活动，到日常化的岗位服务引领，赢得了各级组织和社会的广泛认可。

辽宁工行在2018年举办了雷锋存折续存活动。五天，一万七千余名员工，一百三十余万元善款，用于捐建清原满族自治县雷锋小学。随处可见的雷锋主题文创教学元素，寓教于乐的特色课程，雷锋精神不仅成为兴校育人的重要理念，它更透过一张存单，融入辽宁工行人的血脉，复苏调用，而后继往开来。

## 信仰之声　薪火相传

习近平总书记说，雷锋是一个时代的楷模，雷锋精神是永恒的。如果这份永恒可以称之为一种信仰，那么辽宁朝阳分行的王建国，一定是雷锋精神最好的传承者之一。从王建国孩提时发下的一句“向雷锋叔叔学习”的朴素誓言至今，时光已走过了四十余年。在这四十多年里，祖国日新月异，工商银行也从成立到发展，愈发强大。然而在这些年里唯一不变的，就是王建国始终坚持收集雷锋文化藏品、宣扬雷锋精神的那颗赤子之心。

截至2020年，王建国累计收藏与雷锋相关的报刊、书籍、图片等资料超过了万件，这些藏品在红色信仰的世界里，就是王建国的全部。各类刊有“向雷锋同志学习”题词手迹的党报大报，“雷锋班”二十六位历任班长的签名题字，王建国是百看不厌，越看越喜欢。

他总说：“雷锋精神是我人生追梦的起点，更是我奉献社会、圆梦人生的主线。”所以，只搞收藏还不够，王建国更要把雷锋精神广泛弘扬。

2017年，适逢中国人民解放军建军90周年，作为雷锋文化藏品收集爱好者和工商银行学雷锋志愿者，王建国应邀到内蒙古朱日和联合军事训练基地，与广大官兵“零”距离在一起重温雷锋的故事，交流学习雷锋精神的喜悦和收获。

此后，他更入选并成为辽宁分行“不忘初心、牢记使命”主题教育宣讲团团员，与同仁们分享在岗位上学雷锋，传播雷锋文化的故事。在沈阳、在抚顺、在鞍山、在丹东，在全省工行系统的13家二级分行，总有他慷慨激昂的宣讲。他说：“雷锋精神的每一次传播，都是我人生的全新里程，每次传播中，我真是受益多多、快乐多多。”

这些年来，八十余场雷锋精神宣讲报告，百余场无偿举办的雷锋文化藏品展览活动，三十余万人次的累计受众，王建国把这些数字默默封藏，只是以雷锋精神传播者的身份，擎起每一份光荣，只是以血脉中流淌着红色基因的辽宁工行人的身份，收获着每一份简单的自豪。

## 三尺柜台　竭诚相待

在任何时代，雷锋都可以被冠以伟大之名，在任何时代，雷锋精神都值得被崇敬膜拜。正因为有像王建国这样的工行人，不懈弘扬，雷锋精神不仅没有褪色，它还正在被越来越多的辽宁工行人外化，与工商银行的社会责任，与自己的岗位担当不断结合，赋予新的内涵。服务社会的奉献精神、恪守使命的“钉钉子”精神、忠于事业的“螺丝钉”精神。这些离我们并不遥远，抑或说雷锋精神就在我们每个岗位的日常。

辽宁朝阳分行燕都支行营业室的综合柜员徐宝华，他的职业履历像是一本黑白墨迹的打印书刊，或许没有那么多绚烂的点缀，但每一页，细细品读，都闪烁着不一样的光点。

二十年前，徐宝华作为临时工，一头扎进了新华储蓄所前线的柜台，人人喊苦的昼夜班制度，他因为珍惜，甘之如饴；二十年后，他依然守在燕都支行的柜台，曾经的临时工摇身一变，成为连续多年考评优秀，从业至今岗位零差错的业务精英。

一颗坚毅的钢钉，已经在一方三尺柜台里，深扎了二十余个春秋。说来容易，写来容易，但钉好这颗钉子，绝非一朝一夕之功。二十年间，徐宝华为了更好地服务客户，他坚持早晚学习，反复练习基本功。基金销售人员证书、保险代理人证书、AFP 国际理财师，柜员业务门门精通。徐宝华一锤又一锤地反复敲打，硬是把自己“敲”成了同事们的“百科全书”。

钉钉子，敲打固然重要，但少不了定“心”，定“向”。作为全省业务量最多的综合柜员，徐宝华心中“有杆秤”，就是用绝对赤诚的态度对待工作，照章办事，不给制度“打折扣”。他说：“合规就是要对工作负责，时时严格遵守操作流程，认真执行各项规章制度，保持经手的每一笔业务都不能出问题。坚持合规就是坚守工行对客户、对社会的庄严承诺。”

累计经手 150 多万笔业务，没发生一次风险事件，没出过一项核算差错。作为一名普普通通的柜员，徐宝华秉承“认真、合规、负责”的理念，在一线窗口辛勤耕耘、默默奉献，简单而纯粹。

不是因为执着，而是因为值得。有人问他，柜台从业二十余年，是否心有不甘？他却说：“舞台不在有多大，只要能装下我的事业，理想和追求，一平米也足够。”徐宝华在这一平米里成长，在这一平米里成熟，在这一平米里守候，用一颗平常心，沉积着持之以恒的力量。在波澜不惊的年华里，时间已被一带而过，徐宝华就这样一步步成就了这二十年中，最普通却又独一无二的自己。

划过青春轮回，把理想幻化成歌，作为践行雷锋精神的标兵，徐宝华因坚守而不凡，让我们肃然起敬。但在辽宁工行，这只是一个缩影，就像雷锋从来都不只是某个人，而是一群人。

他们心怀理想、发奋图强，在专业领域取得了骄人的成绩。

他们勇于担当，甘于奉献，成为身边人学习的楷模。

他们是普普通通的工行人，却将雷锋精神内化于心。

他们虽然工作不同、事迹各异，却都在自己的岗位上书写着不平凡的故事。

他们用自己影响身边的人，奋力深凿着信仰之源，为时代主旋律奏响了强劲的音符。

弘扬雷锋精神，争当岗位标兵，这不只是一句简单的召唤，更是将雷锋精神，镌刻进“身边的银行，可信赖的银行”的庄重诺言。

所以，

我们每一位工行人都有理由相信，

虽然雷锋远去，却锋芒又近，

一切看似遥远，一切却又无比清晰。

# 重焕时代锋芒

## ——辽宁工行《锋芒》故事点评

**赵　宇**

（中国作家协会会员，中国金融作协副主席）

在辽宁工行，雷锋不只是一个名字，他是一段故事，源起于六十年前的存款，与工行结下不解之缘；在辽宁工行，雷锋不只是一段记忆，更是一种情怀，被工行人注入更丰富的时代内涵；在辽宁工行，雷锋不只是一个符号，他已写进工行人的血脉，在岗位职责中时刻传承，生生不息。

传承雷锋精神，是一场新道德运动。昔时，雷锋同志储蓄善款的七百储蓄所，已然更名为中国工商银行雷锋支行。今天，沿袭着红色基因的辽宁工行人，注定要以传承雷锋精神、无私奉献为己任。从经常性的学雷锋共建活动，到日常化的岗位服务引领，从雷锋存折的续存，到雷锋小学的捐建，我们可以透过社会各界的广泛认可，自豪于雷锋精神的延续，同时，我们更要将这份炽热播撒开来，去激励全社焕发更多的“锋芒”，掀起弘扬雷锋精神的新道德运动。知所从来，而后思所将往，重焕时代锋芒，就是辽宁工行每名雷锋传人的最高使命。

习近平总书记说，雷锋精神是永恒的。今天，一股新的“雷锋精神”在工商银行辽宁分行内传播着，对客户耐心细致、对工作迎难而上、对业务严谨专注，这就是工商银行辽宁分行新时代特征的“雷锋精神”。

有服务客户、服务社会的奉献精神；

有开拓市场、拓展客户的“钉钉子”精神；

也有忠诚企业、热爱集体的“螺丝钉”精神。

在学习新“雷锋精神”中，我们看到了在一线柜台坚守二十余年的徐宝华，看到了四十余年坚持收集雷锋文化藏品、义务宣扬雷锋精神的王建国，还有更多勇于担当、敬业精业、默默无闻、甘于奉献的先进典型，他们正以新的“雷锋精神”为主导精神，助力全行转型发展，以更加饱满的精神服务广大客户。

所以，在辽宁工行，雷锋离我们并不遥远，就在常态化、岗位化的工作中。爱岗爱行、服务大局的你；耐心细致、帮困扶弱的你；严谨专注，迎难而上的你。每一个你，都在用自己的方式，奋力深凿着信仰之源，将雷锋精神，镌刻进“身边的银行，可信赖的银行”，这一庄重诺言，为时代主旋律奏响了强劲的音符。

所以，我们都有理由相信，虽然雷锋远去，却锋芒又近，一切看似遥远，一切却又无比清晰。

# “开灯人”的十年

## ——中国工商银行首尔分行故事

9 月 2 日，初秋，微风里带着一丝凉意。首尔分行的韩国当地雇员吴承俊（오승준）又是第一个到达办公室。“啪”的一声，他打开灯，眼前是他最熟悉的景象。

加入工行大家庭的十年间，吴承俊为了先人一步把握金融市场机会，每天第一个到岗。他打开电脑，拿出笔记本，开始整理最新的金融市场动态，规划一天的工作。这是他自入行起就坚持的习惯，也是他十年奋斗的一个缩影。

这天上午，首尔分行资金部来了一位新员工，在热闹的欢迎声中，吴承俊的眼神扫过日历上画的红圈。看着朝气蓬勃的新人，再看看日历上的红圈，吴承俊欣慰地笑了。十年前的 9 月 2 日，正是吴承俊的“入行日”。他想起当时的场景，还历历在目。

春华秋实、夏炽冬雪，四季交叠之间，十年如白驹过隙。再回首，虽然青春已逝，韶华不再，但岁月留给他的，是十年间他积极融入工行文化、在工行的舞台上奋斗成长的人生故事。而他的《十年》故事，已经有人开始续写。

## 坚持——抢抓市场先机十年如一日

时光回到十年前，那时吴承俊还是新人，入行第一天，他早早来到办公室，开始了一天的工作，作为金融市场交易员，更早了解金融市场动态，就能抢抓市场先机。这个习惯，一坚持就是十年。有人问吴承俊，对这些年的工作有什么感想，他开玩笑似地说，“没有一天是不变的”。

吴承俊负责的资金交易工作，体量大、强度高，操作时需要极其谨慎、反复确认，他每天都感到责任重大。刚入行时，因为资历浅、经验少，他常常力不从心。为了抓紧时间学习业务、补足短板，他的午餐常常只是简单的面包和咖啡。中文不好，也挡不住他向前辈请教的热情。

天道酬勤，从实践中汲取宝贵经验，在学习中积累专业知识。每一次的业务探讨和工作汇报中，大家都能明显感觉到他的进步。吴承俊常常把“居安思危”这句话挂在嘴边，认真对待每一件事，严谨踏实、不骄不躁。

初入工行时，吴承俊的小女儿还在襁褓之中。转眼十年过去，在孩子们成长的过程中，吴承俊交出一份份亮眼的成绩单。

## 蜕变——破茧成蝶　无限可能

十年时间一晃而过，吴承俊已经从一个懵懂青涩的新员工，蜕变成为身经百战、能力突出的部长级资金交易员。2014 年，中韩银行间韩元对人民币直接交易正式启动。以此为契机，工行首尔分行推出了拓展人民币业务的系列举措，在韩国本地金融市场引发了巨大反响，有力地推动了韩国离岸人民币市场的发展。

之后，吴承俊所在的团队在这一领域持续发力，战绩傲人，硕果累累。2015 年，助力工行首尔分行拿下“最佳人民币韩元做市商奖”，从四十多个中外银行中脱颖而出，以交易额第一名的成绩获此殊荣。吴承俊还记得，当时大家正在开会，资金部的金代理抑制不住激动的心情冲进会议室，宣布了获奖的消息。

对于这份沉甸甸的奖项，吴承俊感触颇多。他说，这是人民币国际化进程中值得记录的一笔，也大大地提振了工商银行在当地市场的声誉。他所在的团队能够成为最优秀的资金交易团队，离不开工行的培养。依托于中国日渐强大的经济实力，工行这个平台能为每个员工带来无限发展的可能。海阔凭鱼跃，天高任鸟飞，他立志带领团队，再创佳绩。

## 传承——曾经的自己　现在的你

一天早上，吴承俊如常来到办公室。他惊讶地发现，灯已经开了，新来的员工比他还要早。

语言障碍、文化差异、业务不精，这些曾经让他困惑和受挫的问题在新员工身上重现。看着面前这个求知若渴的年轻人，他仿佛看到了多年前那个彷徨又坚定的自己。就像当年为他答疑解惑的前辈一样，吴承俊对着新员工笑了笑，耐心地讲解起来。不论国籍，不分年龄，一代又一代工行人勠力同心。工行的美好未来，由他们携手共筑。

## 收获——文化融合　与工行同发展共成长

他永远忘不了那一天，安静的办公室里突然爆发出一阵欢呼声，同事大声宣布了一个好消息——吴承俊从40多万工行员工中脱颖而出，作为全球雇员，当选为第二届工商银行“大行工匠”。2020年1月，他飞往北京，在那个星光闪耀的夜晚，在总行“工银全球荟”的领奖台上，在全球工行人的见证和祝福下，董事长向他亲授了“大行工匠”的绶带和奖牌。那是吴承俊人生的高光时刻，回忆起当时的情形，他仍然心潮澎湃：“我和我的家人们都很紧张，也很高兴，我妻子在我出发去北京前，还让我敷了面膜，说是一定要以最佳状态去领奖。”

从北京回到首尔，春节的脚步也近了。他和其他员工一起，将从总行带回来的春联贴在了资金部门前。看着办公室里的年味儿，大家真正感受到了“全球工行一家人”的温暖。

下班时，他看到那位新员工正在心无旁骛地写着什么。他知道，忠诚敬业、追求卓越的接力棒，已经传到了年轻一代的手上。

回到家，两个女儿向他跑来。她们也伴随工商银行的发展，长成了乖巧懂事、知道体谅爸爸的“小棉袄”了。

十年，当初那个初出茅庐的青年员工，已经成为当地最优秀资金交易团队的负责人。这是他的十年路，也是无数优秀全球雇员同心聚力、奋斗逐梦之路。

## 未来——与工行一同开启新征程

在那个见证了他十年奋斗之路的书桌前，他打开笔记本，写下自己的心语：今天起，为下一个十年，不，为今后很多个十年，与工行携手开启新的征程。

# 光荣在于平淡　艰巨在于漫长

## ——首尔分行文化荟故事点评

周玉波

（人民网韩国新闻分社社长）

每天最早到岗的“开灯人”，身经百战、运筹帷幄的部长级资金交易员，从40多万工行人中脱颖而出的“大行工匠”，这些都是工商银行首尔分行韩国雇员吴承俊的“标签”。他说，进入工行是他人生中“最好的相遇”。

十年间，他积极融入工行文化，同时帮助首尔分行在韩国市场深耕细作，不断拓宽业务领域，这对于一个不熟悉中文的韩国人来说并非易事。秉承着拓荒牛敢想敢拼、老黄牛踏实肯干的精神，吴承俊克服重重困难，与首尔分行相互成就、共同成长。

“一滴水可以折射太阳的光辉。”当个人的发展遇上世界级的平台，当人生的成长搭上企业飞速前进的快车，在这个伟大的时代，吴承俊清晰地打下了自我的坐标，在工行的舞台上实现了自己的人生价值。他感慨自己生逢其时，躬逢其盛。

首尔分行作为工行国际化进程中的先行军，经过20多年的经营和耕耘，主要经营指标位居当地外资企业前列，中资银行第一。这些成绩，离不开首尔分行全体员工的不懈努力。吴承俊就是其中扎实奋进、敢闯敢拼的典型。

吴承俊不仅严格要求自己，还通过传帮带，春风化雨般地教育引导团队成员共同进步。在他的带领下，资金部成为一个敢打硬仗、能打胜仗的优秀团队，助力首尔分行取得“人民币韩元直接交易市场排名第一”的优异成绩，并获得“人民币韩元直接交易最佳做市商奖”，团队员工获得韩国年度最佳交易员。既能独善其身，也能美美与共，在吴承俊的身上，我们感受到工行“工于至诚，行以至远”的精神内核，这也是工行继续保持全球领军地位的坚实保障。

习近平总书记在2021年的新年贺词中说到，大道不孤，天下一家。经历了一年来的风雨，我们比任何时候都要更加深切体会到人类命运共同体的意义。中韩员工携手锐意进取、砥砺前行，正是对人类命运共同体的实践。

这是一个人，也是一群人，在一个伟大的时代，坚守一个信念，站好每一班岗，做好每一件事的故事。

上一个十年，乘风破浪，披荆斩棘。

下一个十年，初心不改，虽远不怠。

# 奔波八十里　只为一件事

## ——中国工商银行天津分行倪娜故事

暴雨刚刚下过，风渐渐小了，刚才还迷迷蒙蒙的天空逐渐露出了晴朗的面庞，只有泥泞难行的道路依然提醒着人们不久前倾盆如注的雨势。在天津宝坻林亭口镇泥窝村的村口，一辆车陷入泥中、无法发动，一群人正在搬运设备走走停停、艰难行进着，她们是专程来泥窝村为村民办理社保卡业务的，走在最前面的是工商银行天津市分行广厦支行网点负责人倪娜。

她们总是戏称自己是“下乡金融服务小分队”，这已经是连续三个月驱车到林亭口镇为村民办理业务了。每天驱车八十公里，谁也说不清每天早出晚归付出了多少辛劳，说不清在这个多雨的夏天遇到了多少次突发暴雨、道路难行的状况，但想到村民都还等着，她们从来没想过放弃。

设备很快搭好，村民们聚在一起，村支书招呼大家逐一办理业务。“今天雨那么大，你们路又远，以为今天不来了，谁想到在这样的天气你们还是顶风冒雨来了。”临近中午，一位大娘端来自己亲手做的午饭，“下雨天没有人卖吃的，你们就凑合着吃点吧！”



村民们温暖关心的话语，驱散着倪娜身上的疲惫。80 多公里的路程、20 余个村庄的奔波、三个多月的忙碌，每每被人提起，她总是说：“虽然经历了种种困难，村民们都盼着我们去办社保卡，如果我们拈轻怕重，怎么能够对得起村民们的期盼，客户的需求，是我责无旁贷的责任。我吃些苦都是微不足道的，决不能因为我而影响村民及时激活社保卡。”

这就是倪娜，扎根工行二十八年，从事过综合柜员、网点负责人、营业室经理、零售金融业务部经理，走过 11 家网点，始终不忘初心、牢记使命，用工匠精神铸就真情。

## 一股拼劲　拼搏闯出新局面

倪娜，现任工商银行天津广厦大沽路支行网点负责人。网点的工作繁杂而辛苦，但无论多忙碌，她都会坚持一颗诚心对客户，以体贴入微的服务诠释着工商银行的品牌追求“您身边的银行、可信赖的银行”。

1992 年，倪娜初入职场，她从一个对银行业务一无所知的新人，成长为了一名业务骨干，网点的顶梁柱。入行二十八年，对待工作她始终热情不减、任劳任怨，不知疲倦地投入每天的工作中，努力把工作做到最好。

某民营企业往来账务量很大，虽然基本户在倪娜负责的网点，但资金一直存外行，网点客户经理从侧面了解到这个企业和外行的关系很密切，几次营销未果，客户经理也有了畏难情绪。班后讨论的时候说起这个客户，大家都认为是不可能完成的任务。而大家的这些想法反倒激励了倪娜想要营销成功的决心，她先是认真研究了企业背景和发展前景，做到心中有数。每次该企业的会计来银行办业务，她都第一时间与其沟通。一次次的沟通陪伴，一次次的登门拜访，一次次不失时机的温馨提示和节日问候，她和客户从陌生到熟识，从不了解到两相知。但每次拜访客户之前，她依旧会召集客户经理开会，针对客户需求确定营销主题以及从企业发展的角度作为银行能给到企业结算、理财等方面的建议。客户经常打趣说：“我能感受到你们每次拜访都有精心准备，这满满的诚意还真是很让我期待咱们下次的见面。”

随着与客户关系的逐渐紧密，企业在我行的业务覆盖面也逐渐加大，从对公存款的增长到下游企业开户再到公司的 5 位高管均成为我行的私人银行客户，存款、保险，日均、时点节节攀升。功夫不负有心人，她们的真诚和专业赢得了高端客户的认可，2018 年倪娜所在网点创造了同业态网点分行排名第一的佳绩。

## 一片赤诚　真心助人为客户

在倪娜桌后的窗台上，摆着一个鱼缸，缸里的鱼是一位客户送的，这背后还有个感人的故事。

客户冯师傅的儿子在监狱服刑，他想替儿子把信用卡透支的现金还清，求助过监狱管理处、银行客服和电台，由于不是本人办理都没能查到账号。儿子的锒铛入狱给这个家庭带来的精神打击，给孩子请律师打官司的负担，再加上不断上涨的透支利息，更是让这位父亲心力憔悴。听着冯师傅的叙述，看着冯师傅拿出的逮捕证，倪娜感到那张轻轻的纸在他手里是那么沉重，同为人父母，她能理解父母对孩子的那份责任，看到这位正直而担当的父亲的无助，她觉得帮助这位父亲责无旁贷。为此，倪娜多方奔走、多方联系，在合规的前提下帮助冯师傅还清了儿子的卡账。

得知消息，冯师傅的眼泪唰地流了下来，男儿有泪不轻弹，而这位父亲的眼泪蕴藏了太多的情感。“这段时间承受的压力实在是太大了，幸亏有您这样的大好人，我实在不知道怎么来报答您，看您窗台上有个空鱼缸，这几条鱼一定要收下。”

提起当年这件让她印象深刻的小事，倪娜总是说：“也许这些小事并不是分内的工作，但以客户为中心是工商银行的宗旨，每次看到窗台上的鱼缸，我都会想起冯师傅激动的眼神，我坚信客户的肯定和笑容是对我最大的褒奖。只要时刻围绕客户为中心的宗旨，处处为客户着想就会赢得客户对我们工商银行的认可与赞誉。”

## 一颗丹心　铺就助农疏困路

金秋时节，林亭口镇顾家庄村的晚熟桃熟了，成熟的桃子红得诱人，可村里的种植户却一点也笑不出来，“桃子丰收了，却卖不出去，看着积压的桃子渐渐烂掉，心里别提多不是滋味了”。

正在为村民办理社保卡的倪娜了解到“晚熟桃”是当地的脱贫重点项目，这种蜜桃口感清脆，自然甘甜，但是由于是新品种，知名度不高等因素滞销。倪娜先是自掏腰包购买，并赠送好友品尝，为农户们招揽客户。回到支行联系搭建市区销售渠道，帮助村民做好农产品的推广，共帮助村民销售 340 箱大蜜桃，约 3800 多斤。

滞销的桃子脱销了，村民的愁眉舒展了，笑脸多了。乡亲们都说：“工商银行下乡不仅教给了我们金融知识，送来了服务，还给我们疏通了农产品销售的通道，为我们铺就了疏困的金光大道。”

倪娜常说：“我愿做颗能够播撒出一片森林的种子，平凡而有力量，在工商银行的沃土中生根发芽，逐渐生长成快乐、热情、真诚、有担当的大树。”

# 用服务诠释初心　以担当践行使命

## ——中国工商银行天津分行倪娜故事点评

何同彬

（《钟山》杂志副主编、中国作家协会青年工作委员会委员）

服务是点滴细节的汇聚，服务是润物无声的体贴，服务是客户至上的尊崇，服务更是日积月累的付出。倪娜，在工商银行工作二十八载，从事过综合柜员、网点负责人、营业室经理、零售金融业务部经理，走过11家网点，变化的是工作岗位，不变的是对客户服务的不懈追求，是对工行事业的无悔坚守。

28年默默付出，她以悠悠赤子情、拳拳敬业心诠释着以客户为中心的理念，80多公里的路程、20余个村庄的奔波，记不清多少次出发时天还未亮，回来时早已是万家灯火，也记不清遇到多少风狂雨骤、道路泥泞的突发困难，但她都丝毫没有觉得苦和累。“如果拈轻怕重，怎么能够对得起村民们的期盼，这是我责无旁贷的责任。”若没有对事业的专注，没有对责任的担当，没有对工作的精益求精，又怎能在平凡的岗位上书写不平凡的篇章，又怎能谱写出令人振奋的赞歌？

这是用不忘初心、无怨无悔书写的时代注解，也是用真情演绎的故事，故事的主人公平凡又不平凡，说平凡是因为她是工商银行普通的网点负责人，扎根基层、年复一年地重复着网点的繁重工作；说她不平凡，是因为她用真情揽信任、用实意换人心，将岗位赋予的使命变得不再平凡。

熟悉她的人都困惑于她对客户服务近乎偏执的执着，了解她的人都佩服她对工作近乎苛求的一丝不苟，但她却觉得自己做的还不够多，因为她始终把客户当亲人，需求必然全力以赴，承诺必然一诺千金，无论是否崎岖坎坷，也无论经历多少风雨。“我坚信客户的肯定和笑容是对我最大的褒奖。”一个肯定的眼神、一个会心的笑容，是人与人之间最真挚也最难能可贵的回馈。急客户之所急，想客户之所想，素昧平生却胜似亲人。

“我愿做颗能够播撒出一片森林的种子。”倪娜常挂在嘴边的话，简单的语言，不变的初心，温暖又励志，执着中充满力量。

# 匠心练就十八般武艺的“90后”

## ——中国工商银行上海分行石羚故事

李大钊曾经说过，“青年之字典，无困难之字，青年之口头，无障碍之语”。青年是发展的未来和希望之所在，作为一位出生于1991年的青年员工，石羚与大多数人一样，处在职业生涯的起点阶段；而与大多数人不一样的是，她凭借自身的努力，在入行仅仅2年之后，就光荣地代表工商银行、代表上海金融系统参加了全国金融系统综合业务技能竞赛，一举夺冠，荣获银行零售业务一等奖，并被授予全国金融五一劳动奖章。

### 竞技场下练出的总冠军

故事还要从2016年说起，当时石羚从基层被抽调去参加中华全国总工会和中国金融工会主办的“全国金融系统银行证券保险综合业务技能竞赛”，她参加的是银行综合业务技能竞赛中的零售业务赛项，比赛内容几乎涵盖了目前银行业零售条线的绝大部分知识和技能。由于平时业务操作熟练、知识掌握扎实，石羚轻松通过了分行组织的选拔测试。来到工行上海分行培训中心内，石羚与各支行选派的优秀选手一起，开始了为期三周的培训。这期间，每天从早上九点到晚上八点，除了短暂休息之外，石羚一直处于高强度训练状态，当时的练习测试量可以说让所有参训学员的身心处于巨大压力之下。

培训中心每周会组织全体学员进行模拟测试，选拔部分学员进入下一轮，在极其严苛的“选秀”过程中，留下的人数也逐渐在减少。随着比赛时间不断迫近，石羚与“战友”和老师们一起，顶住重重压力，潜心研究技能，不断总结经验，一边苦练基本功，一边恶补知识点，一边攻克难关，一边补齐短板。终于功夫不负有心人，在几天后的上海市金融系统综合业务技能竞赛中，石羚和她的队友们将实力和潜力全部发挥出来，取得佳绩，特别是石羚，她一举夺魁，获得上海市银行零售业务比赛第一名，并被授予“上海金融五一劳动奖章”。

获得上海赛区第一名后，石羚并没有骄傲自满，更未止步于此，而是火速投入了备战全国金融系统比赛的集训中去，与沪上各大商业银行的精英们同场比拼。高手过招，胜负往往只在毫厘间。与之前行内集训不同，这一阶段的集训对象，是从全市精挑细选出来的佼佼者，堪称代表了上海银行业的最高水平，这期间石羚感受的压力无疑就更大了。与压力相伴随的，是训练频率更密集、训练强度更大，技能要求和知识储备要求也更高，当然了，身上肩负的担子也更重了，可以说是背负着全上海银行从业人员的光荣与希望。

此时，不出意料地，石羚在训练中遭遇了瓶颈，无论如何练习，无论如何咬牙坚持，成绩始终无法再次突破瓶颈口。但好在她并没有气馁，更没有打退堂鼓，而是充分运用智慧，将比赛的每一道大题都进行拆分，大到做题思路，小到页面布局，她仔细分析每一个环节可以改进的地方，从而有针对性地加强练习巩固。比如说，为了降低输入错误率，她特意用自制小工具将键盘的退格键锁定，逼迫自己无法使用删除退格功能，必须确保输入内容一次性完全正确。最终，她真的做到了，在决赛中，石羚在没按一次退格键修改的情况下成功实现了 100%的正确率，并且只用比赛一半的时间即完成全部题目。同时，为了锻炼手指灵活度，她每天分早中晚三次给自己“开小灶”，每次专门用一个小时训练自己的手指，通过小键盘输入和中文打字锻炼自己的手指肌肉，同时反复训练对于按键位置的肌肉记忆。通过夜以继日的辛勤练习，她真正达到了“熟能生巧”的境界，可以做到在整个操作过程中眼睛只看屏幕题目而不看键盘，并且在需要移动输入键盘的位置时也可以一步到位。

成功总是留给有准备的人的，最终在全国金融系统综合技能大赛的舞台上，石羚凭借扎实过硬的技术和异常强大的心理素质，一举夺得了大赛一等奖，同时被授予“全国金融系统五一劳动奖章”，创造了属于工行也属于她自己的辉煌。

## 工作中成长的小行家

现在回想起来，石羚取得的成功，并不是偶然的，她的成长可谓是“踏踏实实，兢兢业业，一步一个脚印”。从入行开始，她从单一网点的客服经理岗位起步，在不断历练中逐步掌握了丰富的零售业务知识，后通过行内竞聘，成为了一名私行财务顾问，负责为高净值私行客户提供高端金融理财咨询服务，与此同时她也积极加入了支行创客团队，成为脑洞大开的创新“一份子”。个人天分加上后天的不懈努力，使得石羚在岗位上进步迅速，业绩斐然。在财富顾问团队里，石羚不断学习专业知识，积极参与活动策划，负责组织了多场高端客户活动，她致力于为客户打造最佳的业务办理流程和客户体验，也将自己的专业知识运用到客户维护中，成为了青年员工中的小行家。

收获成功后，石羚并没有在铺天盖地的赞誉声中迷失自我，裹足不前。相反的，她依然保持着刚入行时的那份热情那份执着，积极迎接一次次新的历练和挑战。2017 年，石羚再次参加了分行举办的私人银行财富顾问服务技能比赛，与行内众多私人银行的“老法师”们同台竞技。此次比赛采用的是团队实战演练形式，考察的是真实环境中的营销技能、专业知识和应变能力。石羚逐一排摸自己系统管户中的客户，深入挖掘客户信息，做好客户 KYC（私行客户分析画像），不断完善营销方案，做着最充分最周密的准备。石羚每天下班后都跟团队里的小伙伴探讨学习业务知识，一遍遍组织讨论展示方案和 PPT 演示文稿，日日挑灯夜战，不断突破自我，只求做到最好。最终，她一路过关斩将，赢得了评委们的一致认可，不出意外地获得了分行十佳选手的荣誉称号。这份荣誉既是对她能力的再一次认可，同时又成为让她继续前行、不断提升的新动力。

## 志愿者中走出的新生代

2018 年，石羚当选了支行的团委书记，身上又肩负起团结带领支行青年员工们继续勇往直前的重担，她十分注重言传身教、身体力行，将自己的经验与精神通过“传帮带”，源源不断地传递给“新生代”们。2019 年起，她作为青年志愿者参与到了中国国际进口博览会的会务服务中，为了将工行青年的形象良好地展现在国际的舞台，石羚作为外语志愿者的组长，与总行的志愿者们每日彩排模拟服务流程，一丝不苟、倾情投入，力争将所有环节做到尽善尽美。志愿者集中培训过程中，有时其他志愿者们已经回房休息了，她还在教室与其他团委书记们一起为大家整理服装，制作客户名牌，摇身一变，成为了服务志愿者的志愿者。

面对新冠肺炎疫情，很多客户企业的正常生产经营受到了不小影响，特别在疫情最严重的阶段，石羚与她工作室的成员们在客户需要紧急还贷的时候，主动申请加班加点，到网点为客户办理业务。同时，石羚作为团委书记，还号召组织支行党员青年们组成了一支网点支援突击队，每天轮流到不同网点承担大堂服务工作，组织客户有序排队进入网点，有效缓解了网点大堂的工作压力，助力网点做好防疫抗疫工作，此举得到了各基层网点的充分认可。石羚用自己的实际行动，身体力行展示了工行“新生代”的良好精神风貌，她身上所展现的爱心、耐心和责任心，为支行青年员工树立了学习的榜样。

石羚在不断成长着，不断进步着，她的成绩和进步是有目共睹的，是令人欣喜的。石羚也清醒认识到：成绩只属于过去，荣誉只属于昨天。年轻人要抬头向前看，把成绩和荣誉当作已经踏在脚下的小山包，给自己设定更高更远的目标，要向着新的高峰继续奋勇攀登，在不断挑战自我的同时，与工行事业共同成长，实现个人价值与企业价值的完美融合和共赢发展。

# 以“匠心”守“初心”

## ——中国工商银行上海分行石羚故事点评

黄沂海

（上海市银行博物馆馆长，作家）

“90后”的石羚，正当青春吐芳华，无疑赶上了好时代。为充分发挥劳模和工匠人才在金融行业的改革创新发展中的示范引领和骨干带头作用，加快知识型、技能型、创新型、实践型员工队伍建设，弘扬劳模和工匠精神，营造崇尚劳模和精益求精的氛围，在总行指导关心和上海分行积极推进下，以她名字命名的“石羚劳模和工匠人才创新工作室”也于2017年末闪亮登场。

可以想见，荣誉取得的背后，自然凝结了石羚的辛勤付出。单是她参加的银行综合业务技能竞赛中的零售业务赛项，几乎涵盖了当下银行业零售条线的绝大部分知识和技能，林林总总，全能展示，“远近高低各不同”，而她在激烈竞技中表现出来的扎实过硬的业务本领，则让人“横看成岭侧成峰”，为之钦佩点赞。

不忘初心，铸造匠心，凝聚爱心，石羚一以贯之，发扬光大。一方面，作为同龄人，她更能了解青年发展的盲点和痛点，了解青年们的喜好和优势，设身处地与他们交流和接轨，帮助青年做好职业发展规划；另一方面，依凭其工作室成员业务骨干的优势，承担了所在支行各类业务的培训工作，快速度过适应期。在石羚工作室的各项创新举措下，加快青年人成长、一线网点格局优化的破题已初见成效。以她为主要带头人，带领和团结身边的技能尖兵、骨干员工组成先进团队，以体现专业、敬业、攻坚克难的工匠精神，培养岗位成才、倡导成长文化为目标，植根于高端客户特色服务的业务优势，在攻关业务创新、帮助青年成长等方面全面深耕和拓展延伸。

一个人最珍贵的特长，就是能够专心致志地做一件事。石羚这么做了，也必将锲而不舍，持之以恒。

# 大漠戈壁的骆驼草

## ——中国工商银行青海省海西大柴旦支行故事

这里是地球上最高的大陆，广袤无垠，高山大川，沙漠戈壁，高寒低温。在北纬38°，海拔3174米的青藏高原大柴旦，有一群“高原工行人”36年如一日，坚守在服务客户、服务“三农”和小微企业的第一线，用自己的努力和奉献在大漠中践行着“您身边的银行、可信赖的银行”的服务承诺。他们就是工商银行青海省海西大柴旦支行的全体员工。

### 只有荒凉的戈壁　没有颓废的人生

为支持青海海西地区社会经济发展，1984年5月，工商银行青海省分行在地广人稀、人居分散、金融机构少的大柴旦等地区设立了金融服务机构。行长张柴生如是说：“大柴旦过去和现在就是一条街，过去周围找不到一棵竖立的树，哪怕是小小的树苗。直到20世纪50年代，国家设立柴达木行政委员会，开发柴达木盆地时，这里才逐渐地有了一些绿意和人气。1984年5月，中国工商银行在大柴旦设立支行，跻身于建设柴达木盆地的主战场。”

大柴旦支行的员工中，7 人是新近分配的年轻人，4 人是长期坚守大柴旦 10 多年的老员工，平均年龄 41 岁。深蓝色的工装、红黄镶间的党徽、银灰色的工号牌既熟悉又亲切，眼前这群精神抖擞的员工，给人以敦实憨厚、彬彬有礼的印象。在大柴旦工作的人有三大特色：长年累月紫外线照射形成的“红脸蛋”，高寒缺氧造成的“紫嘴唇”和凹凸不平的“指甲盖儿”。面对高寒缺氧，生活工作环境相对较差的困难，支行党支部一班人带领全体员工努力工作，默默坚守，为的就是把工商银行这面旗帜高高飘扬在大漠戈壁的蓝天上，为的就是履行工行庄严的承诺，承担起工行不变的使命，用奋斗的力量托举起理想与希望的光芒。

## 经受过严寒的人们　更知道太阳的炽热

大柴旦镇物资匮乏、环境恶劣，地下水矿物质含量偏高，饮用水盐碱浓度大，喝起来总带有一股苦涩的味道，而且长期饮用，牙面受损泛黄。镇上的果蔬全靠外地运来，平常吃的蔬菜都是从外地运来的，等运来时早就不新鲜了。海拔高、缺氧气，经年累月的高原生活，员工们都患有高原性病症，“我有高血压，老葛和老刘有高红症，老岳有心脏病，这些病不管哪一项都是十分危险的，更何况在这个医疗条件比较落后的小镇上”。张柴生回忆起自己 2014 年高血压发病时候的情景，至今仍然心存余悸。新员工们虽然都年轻力壮，但头晕乏力是常有的事，稀薄的氧气更让他们夜夜难寐。晁荣说：“尽管白天的工作很劳累，但每天晚上我到凌晨两三点才能入睡。”而坚守的磨难还远不止这些，由于大柴旦位置偏远、交通不便，员工回家只能几经辗转机场或火车站，仅路途就要花上两天多的时间，大家基本几个月才能回一次家，晁荣的家里还有刚满 5 个月的孩子，但他自从来到大柴旦后就没回去过。

平常的日子倒也好过，但每逢节日，员工们对家的思念就格外迫切，2019 年的春节也是如此。支行行长张柴生带着员工一起值守网点，算上这次春节，已是坚守岗位的第 8 个年头了。为了让新员工少一些思乡情、多一些回家的温暖，张柴生每年除夕都会邀请新员工们来自己家过年，两名新员工有些不解地问张柴生："镇上都没啥人了，我们为什么还要留在这里呢?"张柴生对他们解释道："从大柴旦支行建立算起，一代代工行人已经坚守了 36 年，就算只有一名客户，我们依旧要坚守在岗位上。"在高寒缺氧和空旷寂寥的日子，他们守望相助，彼此鼓励，更有那些风华正茂、阳光帅气，为理想为事业而来的年轻人，独享着撸起袖子、干在工行，建功立业、改变人生的悠悠情怀，诠释着"青春"和"奉献"的深刻含义。

## 骆驼草顽强坚毅地生长　是为大漠戈壁的一片新绿

由于身处缺氧的高原地带，员工不论临柜上班或是外出营销，身体都有"负重前行"的感觉，员工们戏言道："在这里每个人都'扛着一袋面'工作生活呢。"支行除了自身业务外，还承担着大柴旦政府所有缴费项目、代理大柴旦地区国家金库业务，庞杂的工作带来的是较大的柜面压力，一直以来都面临人手少、业务量大的矛盾。

"增加不了人手，倒不如壮大自己的力量。"张柴生鼓励每一位员工抱着这样的理念，努力成为支行的"顶梁柱"。就像刚来支行才四个月的张桂女，凭着自己的思考摸索、扎实肯干的工作作风，得到了每一位同事的肯定。刚来到大柴旦时，张桂女发现由于支行每年的人员更换，导致业务遗留问题较多，最初接触该岗位时面临许多问题。“不懂就学、不清楚就问，我相信用‘笨办法’也能做出‘好工作’。”她说：“大柴旦的日子虽然难熬，但不能因为工作忙碌、遇到的问题多，就打马虎眼，越是在艰苦的地区、越是繁杂的工作，就越要认真对待。”

有一次，客户来办理业务时，因印鉴片建库遗留问题出现了错误，按正常流程客户无法办理现有业务，为了能快速准确地解决问题，张桂女多方与管辖格尔木支行和省分行进行沟通。那天，为解决遗留问题，仅电话就打了二三十通，最终问题得到了圆满解决。张桂女是一个快言快语、办事干练，又有责任心的员工，这些年来，凭着自己的总结摸索，都能把问题及时解决，从未影响过业务正常运行。她笑着说：“自从来到大柴旦，在大家的感染下，我最大的感受是业务能力得到了明显提升，对一些问题，也有了自己处理的技巧和方法。”

春寒料峭的柴达木盆地一旦遇有阴天蔽日，即是寒风凛冽、黄沙弥漫的景象。行长张柴生回忆，那年四月，戈壁滩上的风沙漫天，遮天盖地，路上行人被黄沙包裹着。午后，来了一位哈萨克小伙子，他从 100 公里外的马海村赶来，手拿一张存单，说他奶奶 80 多岁了，行动不便，委托他办理密码重置业务，根据银行规定，办理密码重置业务需要核实本人身份，这可急坏了小伙子。大堂经理岳宝华一边耐心地解释原因、安抚情绪，一边与客户经理葛海生决定到村上门核保。他们顶着漫天黄沙，裹上厚厚的外衣，一路风尘仆仆来到马海村老奶奶家，核对身份后，当即重置存单密码，没等客户道声感谢，又匆匆踏上返行的行程。朴实的客户经理葛海生微笑地告诉我们：“常有的事啊，自己苦一点，客户不就高兴一点嘛。”的确，在地域辽阔、面积广大的大柴旦，当遇到企业和老百姓需要上门办理业务时，那就意味着员工来回一趟需要花费几个小时的时间、走上百公里的路程，但没有人因此而抱怨推脱，只要客户需要，就毫无怨言、“扬鞭催马”般地奔向大漠戈壁的深处。

落红不是无情物，化作春泥更护花。为了工商银行这棵参天大树枝叶繁茂、茁壮成长，他们用勤劳的双手、有力的臂膀大写着“工于至诚，行以致远”的价值观，用脚步丈量大柴旦的每一寸土地，就像骆驼草装扮着大漠戈壁的新绿，用真情在工商银行的星辰大海里闪烁出一束耀眼的荧光。

# 坚守高原　静待花开

## ——工行故事之大柴旦支行故事点评

张晓梦

（青海省作家协会会员）

732公里，这是中国工商银行大柴旦支行与省会西宁的距离，3174米，这是他们常年坚守的海拔高度。面对高寒缺氧、物资匮乏和空旷寂寥的日子，他们坚守信念，守望相助，彼此鼓励，为了把工商银行这面旗帜高高飘扬在大漠戈壁的蓝天上，默默坚守，情系客户，履行着工行庄严的承诺，承担起工行不变的使命，用奋斗的力量托举起理想与希望的光芒。支行成立以来，一代代大柴旦工行人抱定“人生梦想靠汗水实现，幸福生活靠双手创造”的鸿鹄之志，艰苦不怕苦，苦中有作为，青春奋斗，挥洒高原，在建设柴达木、支持青海西部矿业、煤炭业等发展中，提供服务，奉献智慧，创造出不凡的业绩。

为了工商银行这颗参天大树枝叶繁茂、茁壮成长，一代代大柴旦工行人经得起严寒、受得了艰苦、耐得住寂寞，用勤劳的双手、有力的臂膀大写着“工于至诚，行以致远”的价值观，他们用脚步丈量大柴旦的每一寸土地，用信念坚守对工行不变的誓言。他们就像不娇不柔、毫不起眼的骆驼草一样，匍地蔓长，任凭风吹雨打，欣然接受，尽情地摇曳生姿，点缀着大漠戈壁的那抹翠绿，用真情在工商银行的星辰大海里闪烁出耀眼的一束荧光。

36 载风霜雪雨，这片高原厚土早已烙满了无数“工行人”的青春印记，而这每一个印记都写满了传奇故事。如今，高原之花含苞待放，这里的故事没有结局，传奇仍将继续。

# 她的三十年

## ——中国工商银行浙江温州永嘉上塘支行郑秀丽故事

1989 年 12 月 1 日，初入职场的郑秀丽来到了中国工商银行温州永嘉支行，开始了第一天的工作。与其他刚入行的新员工一样，她勤奋好学，认真学习业务操作流程，虚心请教前辈，并将要点逐字记录下来。当时的她，只有 20 岁，还只是个平凡的储蓄员。

三十年的时光，如同白驹过隙，一晃就过去了。如今的她，已经是肩负重任的重点二级支行行长。作为基层一把手，也是党支部书记，她深知干事创业，要先聚人心。为了打开员工心门，走进员工内心，她从不高谈阔论、豪言壮举，只是从记住每位员工生日这样的小事做起，从家长里短、柴米油盐、喜怒哀乐这些琐事聊起，将思想政治工作化于无形，融于细微，凭“真心”感动员工，持“公心”取信员工，靠“交心”走进员工，以“用心”成就员工，用“凝心”聚力员工，逐步形成了一套看似寻常实具特色的“五心”工作法，从而使思想政治工作如春风化雨、滋润员工“心田”。

## “真心”感动员工

2018 年 5 月，郑秀丽刚来到浙江温州上塘支行任支行行长一职。当时网点员工年龄差距大、思想观念和处事方式有所差异、团队协调性和工作积极性还有提升的空间。为了提高服务质量，尽快打开工作局面，她开始了解每一位员工的脾气性格、兴趣爱好和家庭情况；用心记下每位员工的生日，安排大家在食堂一起过生日。每当员工家有喜事，她会在员工群里祝贺或在食堂加餐庆祝。每当员工遇到难事，她会主动关心和问候，帮他们排忧解难。就这样，她慢慢地与员工们打成了一片，谈工作、聊想法、唠家常，其乐融融，宛如一家。2020 年初，在大家对疫情还不在意时，她主动到药店自费买了很多口罩发给员工，并每天在微信群发送防疫知识和“心灵鸡汤”，让员工感受到组织关怀的温暖。

身在这样温馨和谐的网点，员工们自然而然地也将这一团和气传递到客户身上，对待客户体贴入微，给予客户最温暖的服务和关切，使他们感受到工行的温度。

## “公心”取信员工

建立公信力，对基层干部团结群众至关重要。对此，郑秀丽在工作中将“一切为了群众”思想落到实处。她从员工职业发展考量，始终坚持公平公正，不搞亲疏，一碗水端平，取信于员工。在岗位安排、业绩考评、职业发展等方面，都从有利于网点工作和业务发展考虑安排，一心为公。近两年网点有三名客服经理凭借自身的能力和业绩相继走上了客户经理和现场经理的岗位，一名员工调往支行科室，一名提任网点正职。

对于网点内部转岗的员工，由于他们都有真本事，员工不仅心服口服，而且也感到在郑秀丽手下干很有奔头。对于提拔的员工，纵然是网点的业务骨干，短时间内会对网点发展产生一定影响，但她都以员工自身意愿为主，从员工自身利益出发。

## “交心”走进员工

当前，网点内员工的思想情绪难免有所起伏，这就需要网点负责人在日常工作中细致地观察每一位员工的思想动态，走进员工，在关键时刻做好必要的沟通与引导。

2019 年，网点有一名由客户经理轮岗为客服经理的员工，当时感到比较失落，负面情绪较大。郑秀丽就多次和她谈心交心，鼓励她、安慰她，告诉她多岗位历练是一名员工成长成熟的必由之路。此后，在一段时间内，郑秀丽都把自己的关心渗透在与她每一次工作布置、每一次沟通交流中。

这位员工也逐渐理解和接受，心态明显转变。在疫情居家办公期间，这名员工了解到有许多企业、客户都出现了资金周转不灵等问题。她便主动联系客户，了解他们的需求，用工行助力复工复产的新政策和自己的专业知识，为他们解决燃眉之急。

## “用心”成就员工

郑秀丽刚到上塘支行时，注意到三个年轻员工非常优秀，都毕业于名校。但温州市场经济十分活跃，外面的诱惑也很多。加之基层网点的工作内容与其预期有较大差距，难免存在失落与沮丧，工作中也出现了烦躁情绪和小失误。为此，郑秀丽以切身经历耐心引导，让他们充分认识到基层平凡的岗位历练对今后职业长远发展的重要性。

为了让他们能安心在工行工作，尤其是沉下心来扎根基层，她便想方设法与他们打成一片，教育他们从基层做起，从小事做起，在平凡的岗位上施展自己的才华，为今后的职业发展打好基础。

思想教育逐渐传导形成了员工奋发向上的信心和干劲。员工们深受启发和鼓舞，其中一名员工已经成长为一名现场经理，对自己的工作充满自豪感和成就感。

## “凝心”聚力员工

郑秀丽凭借其日常潜移默化的思想政治工作，使该网点员工无论在工行这个大家庭，还是在上塘支行这个小家庭，都感到心气顺、想干事、有劲头，展现出强大的团队力量和面对困难的凝聚力和向心力。

2019 年，网点承担起全县的线上党费云项目。当时因各种原因，网点同时有 5 名员工请假，造成人员严重紧缺，不巧又遇上党费云项目上线的关键时刻。在人手极端短缺的情况下，郑秀丽与员工心想一处，各尽其职、通力合作，利用休息日和晚上时间加班加点，历经三个多月顺利完成了这个项目，方便了全县一万余名党员党费的线上缴纳，体现了基层党支部强大的战斗堡垒力量。

银行作为一个金融服务行业，创新服务才是经营王道，优质服务才能留住客户。为了拉近与客户之间的距离，使客户感受到温暖，郑秀丽想出了一个创新的妙招——特地开垦一个三亩地的农场，种蔬菜瓜果，养鸡鸭鱼鹅。她经常发动员工邀请客户照料、采摘这些无毒害的健康作物，还会亲自送货上门，与客户加深联系。

人心齐，泰山移。她所在的上塘支行各项存款和贷款余额 2 年实现了翻番，被评为中国工商银行五星级网点，被温州总工会评为温州财贸系统品牌服务示范岗、五一巾帼标兵岗，被工行浙江省分行工会授予劳模和工匠人才创新工作室，组建了以全国劳模和全国金融五一巾帼标兵为核心的劳模创新工作室，成为当地一张熠熠闪光的工行名片。

# 做一个“真”“新”人

## ——工行浙江温州永嘉上塘支行郑秀丽故事点评

金业卓

（浙江省金融作家协会会员）

二十岁就入行的郑秀丽没想到，这30年在工行的荏苒时光，如白驹过隙，忽然而已。但这三十载光阴是有意义的，是一条不凡的路。从平凡的储蓄员到肩负重任的二级支行行长，她一直勤勤恳恳、兢兢业业，秉持“干事创业，要先聚人心”的工作理念，坚持“敢于创新”的经营之道，无私地为自己的本职工作奉献自己的一切。她虽不是科班出身，但却在不断的学习和积累经验中，用心摸索出一套属于郑秀丽自己的超凡工作法则与服务之道，努力践行着“工于至诚，行以致远”的价值观。

人心齐，泰山移。郑秀丽深知团队协作的重要性，因此她坚持党建引领，凝心聚力，高站位打造最强支部。网点里每一位员工都各司其职，但提高他们工作积极性，提高团队协作能力，使网点达到“1加1大于2”的效能，是郑秀丽一直在努力奋斗着的事情。她没有豪言壮举，只是从记住每位员工生日这样的小事做起，与员工谈心、交心，给予员工信心、安心，用自己的真心感染他们，最终收获了凝心、齐心。

“新故相推舒画卷，丹青妙手向翠峰。”郑秀丽，便是那舒画卷的人。她注重传统工作与服务创新的结合，紧紧抓住“互联网+”时代的发展机遇，积极探索行业新业态、新模式下的增长动能和发展路径。她以创新方式开展重点客户的维护和拓展，充分发挥自身阅历资源优势，深化与政府各职能部门的合作互动，持续高频走访县政府、财政、社保等重点机构客户，最终用创新的服务打动客户，使支行达到了较好的经营业绩水平，也使客户感受到了工行的温度。

付出真心，才能得到真心；敢于创新，才能超越自我。真心与创新是郑秀丽同志的经营管理秘诀。不管是看似不起眼的基层岗位员工还是任重道远的管理者，都应当像郑秀丽那样，做一个“真”“新”人，以一颗真心去温暖他人，用无数创新去打动他人，始终保持着那颗初心，一直奋斗在最前线。

# 扶贫路上守初心

## ——中国工商银行广西桂林分行蒋新宇故事

初见蒋新宇，文质彬彬的气质与黝黑朴实的外表，在他身上矛盾地统一着。大学本科学历以及基层行办公室主任、总会计等经历，造就了他金融职业人的素养；而近些年“第一书记”的历练，给他增添了一抹更加接近土地的乡土气息。

2018 年 3 月 14 日，时年 50 岁的蒋新宇正式接下了桂林白宝乡北山村“第一书记”的接力棒，当天就在村委会议室边上安了一个“家”——一个 6 平方米，只有一张床、一台电脑的小房间。从此，这里便成了他奋战在扶贫第一线的总据点。就是这样一个“蜗居”，见证了他 1000 多个日日夜夜的精力倾注和汗水付出，也见证了他的白发染鬓。他的苍老，换来的是朝着壮美路上走得越来越好的北山村。

### 地没得地　水没得水

“以往贫困地区好像都给人‘位置偏、路难走’的印象，但这里不一样。”蒋新宇说道。

白宝乡北山村距离县城仅 17 公里，地区地貌多以岩山丘陵为主，石头多、田地少，土地贫瘠，水资源匮乏。“全村共辖 11 个自然村，24 个村民小组，803 户，2990 人，其中党员 48 名”，蒋新宇对这些数据了然于心，“但只有水田 1855 亩，旱地 1174 亩。”全村贫困户 240 户 860 人，建档立卡贫困户 107 户，贫困人口 395 人，由于人均可耕种面积十分有限、田地耕作难度大，加上劳动成本高、作物收成和价值较低，北山村成为白宝乡 9 个行政村中贫困户及贫困人口最多的一个村。其中，工商银行桂林分行一对一挂靠扶贫对象 35 户，覆盖人数达 144 人。

## 组织把这份责任交给我是对我的信任

要想弄清各贫困户致贫原因，沉下身子，摸清扶贫对象情况是第一要务。蒋新宇为了掌握第一手资料，走遍村里的沟沟岔岔，逐户详细了解贫困家庭的方方面面，并将相关资料建档立卡，确保扶贫对象精准识别，不漏一户。

一次雨天入户一农家进行识别登记时，他在一个沟岔里狠狠摔了一跤，左手胳膊被利石划了一个大口子，衣袖都被鲜血染红了，一大娘见了心痛不已，连忙弄了点草皮灰帮敷了敷，说“蒋书记，下雨天就别来了啊”，蒋新宇却淡淡一笑说，“大娘，我家也是农村的，没那么娇气，没事”。说是“没事”，然而这一痛就痛了两个多月，到现在天气阴冷时还常常疼痛不已，但他从不言苦，更无退缩放弃的念头。

正是凭着这一股劲，他才能对村里的情况了如指掌，从八十多岁的老人到三五岁的小孩无一不知，对每家每户的情况都如数家珍。

## 要做好扶贫工作　精神扶贫是关键

“除了自然条件艰苦之外，一些群众甘于现状、脱贫意识不强，生活上向国家等靠要，是当地贫困落后的症结所在”，蒋新宇解释道。

一方面，他从党员着手，从抓党支部建设做起，按照“党建+”模式，配齐党支部支委班子，建立党员民情责任区，推行党支部党员议事制度，共同探讨脱贫途径。他结合正在开展的“不忘初心、牢记使命”主题教育，聚集全村48名党员，通过“三会一课”等形式，积极开展学习教育，促使党员村干部查找整改自身存在的问题，提升思想政治素质和致富能力，同时购买分发党和国家关于农村农业农民的科普图书，组织各类短期技能培训，激发脱贫致富动力。在党员的带领下，参加议事的群众越来越多了，关心集体、关心群众的事情越来越多了，让群众深切感受到党支部是凝聚人心和信心的地方，一改村子涣散的旧貌，在群众中树起了新形象。如今，村党支部成了全村人的议事中心，充分发挥了党支部的核心引领作用。

另一方面，他因地制宜，着力发展壮大农村经济，力争让群众钱袋子鼓起来。在广泛听取群众意见的基础上，多次邀请专家到村头地里调研，明确了“发展金槐、红薯、红辣椒特色种植产业+扩大猪牛家禽养殖业+农副产品加工业”三位一体的脱贫思路，鼓励贫困户开展特色种养，筹措资金修建养猪场、养牛场各一个，种植辣椒、金槐花、红薯1000多亩。同时落实结对帮扶资金和政策，为贫困户送鸡、鸭、猪苗，为扶贫项目的顺利推进夯实基础。

近年来，在工行对该村投入 40 多万元扶贫资金的基础上，蒋新宇另筹集外部资金 60 多万元，村里的红薯加工厂、村巷道水泥硬化、新建篮球场、路灯亮化等工程逐一落地，在有效帮助村民脱贫的同时，也使得村容村貌大为改观，村民们的日子也越来越红火，得到了乡亲们的一致好评。

## 蒋书记，来我家吃饭嘛

“蒋书记”，从村民们口中说出的这三个字，对蒋新宇而言，是最亲切的称呼；对村民们而言，是他们心中一句句感激。

面对贫困户教育负担重的现状，他用足用好国家政策，加紧落实北山村贫困户子女“雨露计划”，同时积极与教育部门衔接，合理组织安排贫困学生在校勤工俭学，大力推进贫困助学贷款等优惠政策，减轻贫困学生家庭负担；结合春节、“六一”儿童节等重要节假日，他积极开展慰问、“小手牵大手　点亮微心愿”等专题扶贫活动；在认真完成了“一户、一删、一卡”工作的基础上，努力推动新农合缴费进程，确保村民基础生活保障；工作之余，他还积极对帮扶人及相关人员进行扶贫业务培训，完成了北山村“学习强国”手机平台学习；对于旱稻种植、烟玉二号辣椒种植和北山集体养牛场等扶贫新项目，他及时跟进，推动项目落地。

正是因为为村民办了好事、为村民办了实事，所以田间的村民会大老远地挥手问好，村头的村民会热情招呼他到自家吃饭。“蒋书记，来我家吃饭嘛”这句话，是村民对他的最高礼遇，也饱含着村民们对他的喜爱和尊敬。

## 我生病三次　他一次没来陪我

北山村快速变化的背后，是他辛勤付出的汗水和家人默默的理解与支持。

当提到自己因肾结石三次住院蒋新宇都没有回来陪护这一件事，蒋新宇的妻子鼻子一酸地说道："吃在那边吃，住也在那边住，哪里还管得到我们。"

蒋新宇任第一书记的几年时间里，他们夫妻俩聚少离多。作为一名军属，儿子在湖南当兵，面对丈夫"舍小家，为大家"的工作态度，妻子用行动默默地撑起了整个家，来给予丈夫最大的理解和支持：一个人照顾老人，一个人去做手术，一个人住院……

面对家人的抱怨，蒋新宇也很无奈，"没办法，白天要做学习培训、项目跟进、督导整改、帮扶工作，晚上还要做数据更新、总结思考……事情比较多，只有在村里住，才能尽可能地保证工作的效率和进度"。

如今妻子的身体渐渐康复，共同迈过这一道槛，夫妻俩的心也更紧密地连结在一起。但蒋新宇私底下说："她住院这几次，我一次都没陪她，我想这会是我一辈子都内疚的事情。"

经过持续奋斗，北山村在 2020 年如期完成了脱贫目标，但在蒋新宇看来，脱贫摘帽并不意味着结束，在脱贫后的"接力跑"上，依然需要"守初心，担使命"，持续巩固脱贫成果，加快推进乡村振兴，促进乡村宜居宜业、村民富裕富足。

# 平凡即是伟大

## ——广西桂林分行蒋新宇故事点评

李钢源

（中国金融作协会员，广西金融作家协会副主席）

在很多人眼里，这是一个无人问津的山村，土地贫瘠，水资源匮乏。而在蒋新宇的心里，从第一次踏上这片土地开始，就把这里当成了自己的家。带领家里的乡亲们脱贫致富，是他唯一的目标。这个目标平凡而朴实，但他1000多个日日夜夜为实现目标所积攒的心血和汗水，铸就出了一个熠熠生辉的党员形象。

三年来，他在脱贫攻坚中锤炼党性。蒋新宇始终谨记作为一名共产党员的初心与使命，与村支书一起认真抓好基层党建工作，凝聚党心民心，汇聚战贫力量，在履职尽责中向村民传递朴实向上的正能量，无怨无悔挥洒汗水在这片土地上，在平凡的岗位上演绎着不平凡的人生，书写美丽乡村新篇章。

三年来，他在民生呼唤中奋勇前行。蒋新宇明白，要想打赢脱贫攻坚战，就必须倾听人民呼声，因户施策、因地制宜地把扶贫扶到点上扶到根上。寒来暑往，他秉持着银行人严谨务实的工作作风顶烈日、冒风雨、踏泥泞，走遍了山头村尾，在这一方土地上留下了不辞辛劳、专注工作的背影，最终在这片贫瘠的大地上结出了决胜脱贫的甘甜果实。

三年来，他在情系群众中温暖人心。进百家门、知百家情、晓百家难，他记得每一户贫困人家的难事，却忽略了妻子的病痛，不是没有内疚，而是心有无奈，若不是有着舍小家为大家的无私奉献精神，如何能带领北山村走上脱贫致富道路？“只要我还做一天，就不会给工商银行驻村第一书记这个称号抹黑！”这是他常常挂在嘴边的话语，他的确做到了，如今，村子越来越美，村民的日子越过越好，乡亲们脸上也常驻笑容。

征途漫漫，唯有奋斗。蒋新宇以实际行动践行使命担当，在扶贫路上做好每一件小事，不落下一个贫困家庭，不丢下一个贫困群众，带着村民的信任与支持，一点点改变了村头面貌，一步步促进了全村发展。脱贫摘帽不是终点，而是新的美好生活的起点，蒋新宇依然在他那片深爱的土地上，一刻不停歇地苦干实干着，只为让这座小山村迎来更好的日子、更新的期盼。

# 第二篇 奋 斗

——做『践行初心、担当使命』的奋斗者

不忘初心方能行稳致远，牢记使命才能开辟未来。立足新发展阶段，贯彻新发展理念，构建新发展格局，推动高质量发展是“举国一盘棋”的大战略。工商银行作为国有大行，必须牢记“国之大者”，从自身职责使命找准结合点，把落实“十四五”规划任务与全行新战略规划实施衔接起来，落实“48 字”工作思路，不断提高金融服务的适应性、竞争力和普惠性，彰显国有大行的“主力军”和“排头兵”作用。

# 草原深处的红色轻骑兵

## ——工银“乌兰牧骑”金融扶贫故事

“敕勒川，阴山下。天似穹庐，笼盖四野。天苍苍，野茫茫，风吹草低见牛羊。”一首明朗豪爽的南北朝乐府诗《敕勒歌》带领我们的心灵沉浸在那天野相接、无比壮阔的广袤大地，让更多人透过文字感受到了草原特有的魅力——清澈高远的蓝天下，一群群牛羊犹如珍珠般散落在随风翻滚的绿色波澜中，时隐时现，生机勃勃。时光在流转，时代在变迁，广阔的大草原也在悄然中发生着改变。

乌兰牧骑，蒙语原意为“红色的嫩芽”，意为红色文化工作队。60 多年来，乌兰牧骑栉风沐雨，为广大农牧民送去了党的关怀，成为我国社会主义文艺战线上的一面旗帜。内蒙古分行借鉴发扬乌兰牧骑“扎根基层、服务群众”优良传统，依托国有大行金融服务体系和金融平台中介效能，因势利导、因时而为、因地制宜，创造性地推出工银“乌兰牧骑”金融精准扶贫新模式。

工银“乌兰牧骑”坚守“为中国人民谋幸福，为中华民族谋复兴”初心使命，以工银“乌兰牧骑”扶贫攻坚活动为核心，以贫困山区、农村牧区、艰苦地区和边疆老区为重点服务对象，以线上线下双轮驱动、各层级党建共建等项目为精准扶贫立意，以加大信贷资金支持力度、全面提高普惠金融供给能力为手段，25 支工银“乌兰牧骑”小分队走出网点，走进农村、牧区、支部、驻点、社区、校园、企业、军营和哨所，为广大人民群众送温暖、送产品、送服务、送知识，让“红色的嫩芽”更深地扎根草原、惠及草原，让这片苍茫的古老大地在新时代焕发新光彩，让工银“乌兰牧骑”成为新时期草原深处人民身边最亲近的“家人”。

## 热血挥洒“山海情” 初心谱写“青山颂”

——赤峰翁牛特旗支行工银“乌兰牧骑”小分队扶贫故事

位于内蒙古赤峰市翁牛特旗海拉苏镇旗境北部的海拉苏嘎查，系原国家级贫困县。“海拉苏”蒙古语译音，意为“榆树”。作为赤峰翁牛特旗唯一的牧区镇，海拉苏嘎查总面积 739 平方公里，人口 0.7 万，全境海拔高度在 450—630 米之间，属于大陆性干旱气候，冬春季干旱多风，夏秋季炎热少雨，年平均降水量仅为 338—450 毫米。常年的生态消耗和风化侵蚀使得当地山区沟壑纵横、土壤贫瘠、植被稀少，尤其是秋冬交替之时，萧瑟荒凉，风起沙扬，“黄沙渐欲迷人眼”已成为昔日海拉苏嘎查特有的“风景”。每年逢雨季又极易形成山洪，给山下 20 多户村民生产生活带来诸多困难和安全隐患。生态脆弱与深度贫困的高度重叠进一步加剧海拉苏北山地区的贫困。

25 家工银“乌兰牧骑”小分队之一的赤峰翁牛特旗支行工银“乌兰牧骑”小分队在与海拉苏镇党委党建结对后得知，当地政府拟建设 200 亩公益林实施北山生态扶贫。但由于给水灌溉技术和资金方面困难，项目迟迟无法落地。为了确保该绿色生态项目顺利推进，早日造福当地百姓，小分队充分发挥金融平台引流作用，统筹行内外各方资源，多次赴实地调研考察，与当地政府、企业就项目可行性和所需技术资金深入对接。日复一日、不辞辛劳地奔波打动了诸多爱心企业，在听闻小分队项目介绍后纷纷表示愿意慷慨解囊，为地区生态环境改造和脱贫攻坚贡献绵薄之力。但考虑到项目难度及对专业技术的高要求，小分队最终优中选优确定联合行内专业从事节水设备建造的某公司共同推动拟定捐助方案，顺利解决了当地政府燃眉之急，助力给水灌溉工程顺利落地实施。截至2019年10月末，北山给水设备已全部铺设完毕，水泵安装运行正常，北山树木灌溉系统已初步建成；6000棵新种植树苗成活率90%以上，绿水青山指日可待，百姓心中“榆树”又将恢复往日的生机。

赤峰翁牛特旗支行工银“乌兰牧骑”小分队按照“绿水青山就是金山银山”的理念，主动担当、主动作为，身体力行践行新时期、新时代“草原上红色金融轻骑兵”初心使命，亲力亲为还家乡绿水青山。植树造林添绿意，脱贫攻坚暖人心。郁郁葱葱的党建共建林既是工银“乌兰牧骑”金融扶贫活动辛勤耕耘的丰硕成果，也是党和群众血浓于水、鱼水情深的生动写照；既是当地经济可持续发展的坚实后盾，更是激发当地群众建设家园热情，实现扶贫和扶志双赢的有力抓手。

## 扶贫扶志授人以渔·助学励志圆寒门学子求学梦

——“爱心圆梦　助学励志”结对帮扶行动

工银“乌兰牧骑”金融扶贫活动改变以往由捐赠中介参与的传统爱心捐赠模式，打通捐助人和受助人信息传送、反馈通道，从根本上解决双方主体信息不对等、捐赠不透明等问题，建立以 33 名贫困学生为帮扶对象、以“部室结对、员工捐款”为帮扶方式、以建立不少于三年的结对帮扶关系且按照每年 2000 元固定标准捐赠帮扶资金为帮扶内容的直通直达式爱心捐赠新形式。

33 名帮扶孩子均为当地立档贫困低保户，有的父母双亡或父母离异，仅依靠爷爷奶奶微薄的低保金勉强度日；有的家庭成员或自己身患重疾，昂贵的医疗费用让本已处于风雨飘摇中的家庭濒临崩溃；有的家里唯一的经济支柱——种地因地区生态环境恶劣，靠天吃饭，生计没有保障……不幸的家庭各有各的不幸，但一样的是当同龄人在爸爸妈妈怀里撒娇、欢笑时，他们已学会用柔弱的肩膀扛起全家生活的重担；当同龄人热衷新款手机和 ipad 线上手游时，他们已用小小的双手笨拙地完成了家里家外各种活计；当同龄人在宽敞明亮的教室琅琅读书时，他们只能趴在教室窗外或家里炕上羡慕地看着、心里默默地想着；当同龄人无忧无虑嬉笑打闹时，他们却在为明天有什么能吃、家里还有没有钱去买药担忧……残酷的生活并没有因他们幼小的年纪给予更多的宽容和怜悯，反而将生活、生命无法承受之重过早加压，让一双双清澈的眼睛蒙上了与年龄不相符的阴霾。

一张张稚嫩无邪的小脸触动着每位工行人心底最柔软的地方，一段段艰辛坎坷的生活经历打湿了每位工行人眼眶，一双双渴求知识的眼睛牵动着每位工行人的心。“爱心圆梦 · 助学励志”捐资助学活动的发起、组织和推动，用最快的速度将跨越千山万水的爱心迅速汇聚成一笔笔爱心善款交付孩子们手中，将一份份善良送达孩子们心中。

不谋全局者无以谋一隅，教育扶贫我们深知责任重大。习近平总书记指出：“教育是阻断贫困代际传递的治本之策，贫困地区教育事业是管长远的，必须下大力气抓好。”工银“乌兰牧骑”金融扶贫不仅将精准帮扶的父老乡亲捂在手里，更将全区贫困学生装在心里！“爱心圆梦·助学励志”捐资助学活动用一片扶贫扶志授人以渔的赤诚之心，为每位寒门学子普通却不平凡的梦想插上翅膀。

一分耕耘一分收获，六百多个日夜的辛勤付出、几千公里的长途跋涉、3000多场金融扶贫活动的组织开展，25支工银“乌兰牧骑”小分队的足迹遍及草原深处，将党的金融政策、有温度有速度的工行金融服务和人文关怀送到千家万户、送到每个需要金融知识、金融产品和金融服务的群众手中、心中。从晨曦初现到夕阳西下再到月挂星空，从晴空万里到大风呼啸再到暴雨倾盆，从满眼苍翠到落叶萧瑟再到冰雪漫天，时间在变、地点在变、服务群众在变，唯一不变的是工银“乌兰牧骑”金融扶贫模式的拳拳赤子之心，是工银“乌兰牧骑”小分队扎根当地、心系群众的山海情怀，是每位工银“乌兰牧骑”人对这片土地、人民深沉厚重的爱。不积跬步无以至千里，不积小流无以成江海。

2021年，工银“乌兰牧骑”将发扬为民服务孺子牛、创新发展拓荒牛和艰苦奋斗老黄牛精神，越岭翻山荒径远，催马扬鞭日月新，用慎终如始、戒骄戒躁的清醒头脑坚守“做草原上的红色金融服务轻骑兵”的初心使命，用不畏艰险、锐意进取的奋斗韧劲诠释工行人“为大众利益事，以强毅之力行”的深刻见解，用爬山过坎、久久为功的国有大行工匠精神践行“不待扬鞭自奋蹄”的责任担当！

# 汇聚金融力量　扎根彰显担当

## ——内蒙古分行工银“乌兰牧骑”奏响金融扶贫强音

蔡博腾

（新华社内蒙古分社记者）

60年前，仅有9人、2辆勒勒车、4件乐器的红色文化小分队诞生在内蒙古草原，为广大农牧民送去党的关怀。60年后，有一群人在脱贫攻坚工作中，守乌兰牧骑初心，担金融大行使命，坚定信念负重前行，披荆斩棘风雨兼程，坚守岗位不辞辛劳，为草原群众送去金融产品和服务。

工银“乌兰牧骑”金融扶贫活动，依托国有大行金融服务体系和平台中介效能，组织管理精细化水平高，活动丰富多样，项目模式完善成熟，社会影响力强。在“四区”（贫困山区、农村牧区、艰苦地区、边疆老区），工银“乌兰牧骑”持续“九进”（进农村、进牧区、进支部、进驻点、进社区、进校园、进企业、进军营、进哨所），经常“四送”（送温暖、送产品、送服务、送知识）。“乌兰牧骑”内涵不断丰富。

赤峰翁牛特旗支行得知北山引水灌溉工程难点痛点后，充分发挥国有大行金融引流和资源整合优势，选择优质行内客户，共同完成项目方案并积极落实，为北山地区绿水青山提供全方位支持保障。

捐资助学活动持续进行，捐赠体系不断优化，善款送达寒门学子，人间大爱真情满怀。2021年，工商银行内蒙古分行、工银“乌兰牧骑”金融扶贫活动将用扎根基层、服务群众的精神，稳步推进、扎实有效的态度，真抓实干、持之以恒的作风，精准发力、凝心聚力、不遗余力，奏响主旋律，高歌工行好声音。

# 在未来城市建设未来银行

## ——中国工商银行河北雄安分行创业故事

“中国工商银行的发展史，本身就是一部信息科技的创新史……”“工行将创新转型发展建设未来银行与雄安打造未来城市的目标紧密结合起来，持续加大服务新区建设的力度，在未来城市建设未来银行……”这是2019年5月8日，工商银行陈四清董事长在工银科技成立时，与雄安新区党工委书记、管委会主任会谈时所说的两句话。陈四清董事长的话，既描述了工商银行科技强行的创业历程，也指明了工行河北雄安分行的未来发展方向。

### 向着未来银行奔跑

2017年4月1日，党中央、国务院作出设立河北雄安新区的重大战略选择，擘画出“未来之城、千秋之城、典范之城”历史性蓝图……

“雄安是一片待开发的热土，我们要在这片热土上创业，必须要有‘功成不必在我、功成必定有我’的拼搏精神，向着未来银行奔跑，创业不成誓不休！”这是工行雄安分行全体员工的共识，他们从零开始，勇敢破冰，实现了多项“率先”。2017 年 9 月，分行筹备组一行 15 人集结完毕，开启了波澜壮阔的创业历程；2018 年 4 月 23 日，河北雄安分行正式成立，深度参与新区顶层设计规划，成为雄安第一批“拓荒者”。在集团全力支持下，他们克服监管标准要求高、申设政策不明确、申设时限紧等困难，率先成立分行级机构，第一时间完成机构筹建和人员补充工作，从业人员增加 100 余人，达到 252 人，平均年龄由 49 岁降到 39 岁；率先完成人行服务体系接入和行内 113 个管理系统的平稳过渡，建账移行实现“业务不停、客户无感”；他们推进科学风险量化管理，开展存量贷款清底大排查，通过现金清收、打包处置等方式，率先解决了遗留难题，以资产质量优、风控水平好、信贷基础强的形象亮相新区；他们委派多名同志到新区管委会和雄安集团交流，参与新区相关政策和若干重大项目方案的研究制定，为新区建设提供“融智”支持，率先巩固了优势地位，写下了雄安创业历程中浓墨重彩的首幅画卷。

## 握紧时代画笔

“你们工商银行的家伙什儿就是好用，在黑色机子上杵达杵达钱就到手了。我过去到银行存钱取钱，跑腿几十里不说，一排队就是大半天。这倒好，你们上门服务，忒暖心了。”说这话的是安新县某村的赵大爷。2019 年 6 月 14 日，工行河北雄安分行在这个村配合镇政府、村委会启动区集体土地征收签约工作。作为唯一参与并承办签约仪式的金融机构，工行河北雄安分行事先主动与镇政府、村委户沟通，制定梳理出征迁款发放的周密流程。征迁款发放过程中，主管行长、个人金融业务部、运营保障部负责人现场指导，支行行长、现场经办人员与营业室实时沟通，多岗位默契配合，各环节紧紧衔接，充分发挥便携式智能设备、4G终端离行业务办理的优势，实现征迁户数千万元资金秒到账。难怪赵大爷激动得用浓重的方言说出一大串话，经“翻译”才让在场人理解了“中心思想”。

在雄安流行“新区之新，在于创新”这样一句口头禅。从成立筹备组起，就将创新作为一条生命线，在“黑科技”内蕴藏“暖服务”。在集团科技部门的支持下，率先提出“区块链+”金融品牌，为“数字雄安、智慧城市”建设提供“黑色力量”。基于区块链技术的金融科技平台纷纷落地投产，快速广泛地运用于新区“千年秀林”、征迁安置、工程建设等场景，提高了资金拨付效率和透明度，保障了新区参建者权益。目前，征迁安置资金管理区块链平台，已累计支持新区拨付征迁资金超百亿元，覆盖100多个村，为征迁资金挖转提供了有效支撑，成为新区区块链技术应用的典范，并被系统内推广复制形成示范效应。“工商银行在运用区块链技术推进阳光拆迁、廉洁雄安方面先行一步，与你们合作前景广阔。”这是雄安新区管委会领导对工商银行相关负责人发出的由衷感慨。

## 未来银行初长成

“雄安新区是一张白纸，开发程度低、发展空间大、施展舞台广；工商银行是一支巨笔，服务能力强、资金实力强、科技力量强，二者相结合，就能书写出一幅低耗高效多赢的‘雄安彩图’。”这是工行河北分行一位领导在“不忘初心、牢记使命”主题教育集中学习研讨中深有感触的一段话。两年来，河北雄安分行积极探索智慧雄安金融服务模式，自身也在“金融＋科技”为主基调的创新驱动中，加快建设“雄安特色”的未来银行。

说起哪家银行推进党中央决策部署在雄安新区落地最迅速、最有力，管委会李科长是“最有发言权”的一位。他经常说：“中国工商银行第一家与新区管委会签订全面战略合作协议，主承销两期上千亿元新区地方政府债券，协助新区与澳门签署合作备忘录。这桩桩件件的事儿一时半会儿还真说不完呢。”就这样，河北雄安分行在新区稳稳地站了起来，主要金融业务、科技创新、客户市场等实现历史性跨越。

河北雄安分行为新区管理者、建设者解决麻烦事儿，也是经常被提起的话题之一。某建筑公司刘经理告诉我们：“工商银行推出的区块链金融产品最适合我们这些人多且流动性大、开支大、数额多少不一的单位，让我们省心省事儿，因为公开透明还受到职工们的欢迎。”目前已有上百家企业成功使用工程建设资金管理区块链平台，拨付资金数十亿元，实现了“信息多跑路，客户少跑路”。

河北雄安分行开发的征迁安置资金管理区块链平台更是受到百姓的喜欢。某拆迁村赵大爷一见到河北雄安分行工作人员进村就激动不已，拉着他们的手说着听不懂的“普通话”。经“翻译”大意是，“工行给我们发放拆迁款，抛开公开无截留、安全又快捷不说，全部款子直接入卡，挨个儿发到我们手里，还防止了个别不肖子孙总惦记着，时不时地闹纠纷、肆意抢夺挥霍养老钱。这下好了，只要俺牢记密码，赁谁也动不了俺的钱，俺们一百个放心啊！”通过本平台已累计向 100 多个村、数万户群众拨付拆迁款数百亿元，被百姓誉为“身边的银行”“雄安人的银行”。

两轮寒暑，步履不止；未来已来，奋斗不息。工行河北雄安分行坚信“幸福是奋斗出来的”，经历了创业艰难和高光时刻，脚下是创业者的诗和远方。未来，他们将不负韶华，只争朝夕，啃硬骨，挑重担；越激流，闯难关，在未来城市建设未来银行，向国家和社会交出一份满意的答卷！

# 春天的答卷

## ——中国工商银行河北雄安分行创业故事点评

张　冰

（中国作家协会会员、河北文学院签约作家）

2017年9月，工商银行河北雄安分行筹备组15人踏上雄安这片热土。百年、千年大计给了他们平台与空间，工行的责任与担当给了他们开拓创新的无穷力量，他们凭大行之魂、借时代之力，用工匠之艺，在雄安这块充满朝气的图纸上，描绘出一幅幅多彩的“雄安画卷”……

他们是精打细算的数学家，“四则运算”求集约。加法之路，科学设置网点，对容城、雄县支行等老旧网点进行改造，实现“新区建到哪，工行服务走到哪”；减法之路，实行大部制和扁平化管理模式，打破“部门墙”，部门间沟通成本大幅降低；乘法之路，打造“区块链+”金融品牌，为“数字雄安、智慧城市”建设提供有力技术支持；除法之路，支持大气污染治理、水系治理、水源保护、垃圾处理、清洁能源、节能减排、污染企业搬迁、再生资源回收利用等绿色工程项目，推动新区生态提升、产业升级。

他们是长袖善舞的创业者，“多彩迸发”写春秋。“黑科技”精彩亮相，专业服务“技压群芳”，发行地方政府债券上千亿元，推动雄澳基金方案取得重要进展；智能服务“百花齐放”，与新区合作开展政务服务、征迁安置、银校银医合作等金融服务场景共建工作成效显著；民生服务“事无巨细”，参与新区植树造林和京雄高铁站的征迁工作，发行中国工商银行雄安主题卡。

他们是才华横溢的艺术人，“金色奖杯”镌荣耀。2019年，工银科技在雄安安家落户，“黑科技”成为创业者手中的画笔，研发成功征迁安置资金管理区块链平台，荣获集团第二届创新工行成果类二等奖。金灿灿的奖杯见证了他们的高光时刻。

河北雄安分行，是工商银行史上一个奇迹，它更是管理效率最高、科技含量最高，满载期冀向着春天、向着未来奔跑最快的银行。“在未来城市建设未来银行”，再次让我们看到了工行精神、工行力量、工行速度和恢宏壮丽的工行画卷。

# 他们的身影一直在路上

## ——中国工商银行牡丹卡中心营销 ETC 故事

一千个人眼里，有一千个哈姆雷特；一万个人眼里，有一万个银行人的样子。

提起银行人，有人的脑子里就出现了这样的场景：城市黄金地段办公场所，冬暖夏凉的工作环境，整天西服笔挺地在玻璃橱窗后面，等待着客户提钱来办理业务。可很多人不知道，网点只是银行的桥头堡，为支持网点对外服务，很多银行人在各自的岗位上默默地履行着自己的责任。

银行不仅是经营货币存贷业务的金融机构，国有商业银行掌管着国家的经济命脉，履行着很多业务内外的社会职责。当国家提出“深化收费公路制度改革，便利群众出行、提高物流效率”的战略部署，全体工行人就积极投身到 ETC 业务的推广中，上到董事长，下到一线员工迅速行动起来，力争让更多的 ETC 上安装一颗工行心。

### 进取心　让他一直奋进在追梦的路上

11 月的某日，广东省梅州市，天气晴朗，万里无云，可清晨扑面的寒风还是让人感觉些许清冷。一辆125铃木摩托车迎着初升的太阳，朝着兴宁市飞奔。一骑绝尘后，空气里弥漫着一股汽油味道。

骑摩托车的是一位中年男子，他叫陈志坚，是工行梅州支行兴宁支行的员工，他今天的目标是兴宁的几个小商品市场，他已记不清第几次来到这儿。将摩托车停好后，他从储物箱里拎出一袋子的ETC设备和厚厚的笔记本，朝着市场核心区域走去。

说心里话，陈志坚今天心里真的没有底。市场里他不知道来了多少遍，每一遍都像过筛子一样，挨家挨户地统计ETC安装情况。

推销ETC跟拉存款一样有竞争力，可它又不像拉存款那样目标明确，找有钱人拉到存款的可能性更大一些。有车的、车多的，可能都已经办理了ETC，偏僻的地方虽然车辆分散，但是推销成功的可能性更大一些。

从早上到现在，他不知道被拒绝了多少次，不知道遭遇到多少商户的白眼，更不知道受到多少车主的冷眼。可他依然不死心，俗话说，欲戴皇冠，必受其重。想当ETC推销冠军，他什么苦和罪都可以接受，毕竟离冠军只有一步之遥了。

功夫不负有心人，快到中午的时候，有客户让他给车子安装ETC，他凭着娴熟的技艺，很快帮助客户完成了安装、调试，并教会了客户后续的账务处理方法。金杯银杯不如客户的口碑，很快，客户给他推荐了好几个新客户，小市场被他"全面清仓"了。下午，他又火速地奔赴市场边上的几个村镇，以便能快速地赶在竞争者的前面完成ETC的推广工作。



正是凭着这样的进取心，陈志坚以一种拼命三郎的劲儿最终获得

ETC 推广冠军称号。

## 同理心　让她获得了比别人更多的机会

在推广 ETC 的市场上，真的是“八仙过海，各显神通”。

她叫杨月霞，是兰州西固支行外拓团队负责人。作为一名老员工，她深深懂得团队协作的重要性，在团队中，她一直强调以团队的智慧和能力去争取市场、赢得客户。

白天她率队集中攻关，争取拿到更多的数量，晚上队员们下班后，她一个人来到单位将白天的数据输入系统中，第二天白天继续跟着同事们一起外出营销。同事们原本想替她完成一部分录入的量，可她坚决不让，她说，希望大家利用空余时间多学习业务知识，以便为客户提供更优质的服务。跟着这样的领导工作，同事们觉得干劲十足。

让团队成员印象非常深刻的一次营销活动是，当天，她们营销到一家蔬菜运输公司，她们说明来意后，对方一点反应也没有，大家都在做着自己的事。

看见客户在忙忙碌碌的，杨月霞二话不说，挽起袖子就跟客户一起洗菜，同事们看见她主动帮助客户，也积极加入到洗菜、搬运菜的行列。

看着她们被冰冷的井水冻僵的手，客户露出了亏欠的笑容。“没想到你们银行人干活这么麻利，走！到我家去，给我们的车都装上！”客户不仅把自己公司的车子全部装了 ETC，并且将附近三个村庄的车子都推荐给了她们。

事后，有人问杨月霞，她是怎么想到主动给客户洗菜的。她说，当时客户那么忙乱的样子，换成自己也没有心思接受任何推销。她觉得那时候，大家该做的就是尽快帮助客户解决眼下的困局，至于后续如何，她当时根本没有放在心上。有同事说，她这是好人有好报，其实，这是杨月霞遇事总喜欢站在别人角度考虑问题的同理心，这一点帮助她赢得了客户的认可和尊重。

一颗同理心，三个村庄的ETC推广战绩。古语云，三人同心，其利断金。应该说的就是这个道理。

## 事业心　成就了工行业务品牌

穆合塔拜·沙迪克是明德路支行副行长，她也是新疆维吾尔自治区财税系统唯一的全国人大代表。

作为一名少数民族员工，她以自己专业的水平、热情的服务赢得了所在地各民族群众的普遍爱戴，无论在工行业务拓展，还是在巩固民族团结、民族友好方面都发挥了突出的作用，她是工行的一面旗帜。

在ETC业务向机关推广的过程中，业务人员遭遇到了前所未有的竞争局面，为了赢得这场竞争，穆合塔拜·沙迪克副行长亲自带队到妇联等机关，现场为机关用户办理和安装ETC业务。经历过一个月的营销、演示和测试，以妇联为代表的机关车队，全部安装了工行的ETC。

他们选择工行，那是因为工行有闪亮的服务品牌，这个品牌是在过往的金融服务和民族团结过程中凝聚和铸就的，在关键时刻，品牌体现了其不同凡响的价值。

## 责任心　成为ETC安装工行心的基石

行里流传过一个故事，说是某行的员工，周末的时候一家人去公园玩。丈夫让妻子带着孩子先下车去公园门口，他下车后立即到公园门口跟母子汇合。

在公园门口坐等丈夫的妻子，一直没见到他出现，后来，她接到丈夫打来的电话，说自己遇到了一点麻烦，让妻子火速去停车场跟自己汇合。在停车场，丈夫被警察和保安围住要求证明身份，可证件都在妻子随身的包里。

原来是，丈夫下车后，看了几眼周围的车，职业习惯让他发现，还真有几辆车没有安装ETC，他如获至宝，立即在车头用手机记录车辆的信息。丈夫奇怪的行为被保安发现了，保安便报警了。

一场误会虽然很快消除了。

可这样的故事在休息日、非工作时间经常发生，为了完成国家和总行下达的ETC推广任务，全行上下几乎放弃了休息和休假的时间，奔赴于停车场、检测场、新楼盘、4S店、市场、机关、学校、高速收费口等车辆频繁出入的地方，见缝插针、拉网排查，以各种形式，想尽一切办法，争取多推广一个ETC。

每一台成功营销的ETC，背后都有一个故事；每一张成功营销ETC的笑容，背后都满是汗水！

他可能是一名带病工作的长者，她可能是一名快退休的员工，他可能是一个照顾体弱多病双亲的儿子，她可能是一个嗷嗷待哺的孩子的母亲，他可能是任何一种身份，可他们都一样地，以进取心开拓市场，以同理心赢得尊重，以事业心创建品牌，以责任心获得口碑，他们目标高度一致，那就是让尽可能多的 ETC 安装一颗工行的心，以体现大行的社会责任，让国家的民心工程尽快在全国开花结果，变成最大的惠民工程。

当千万张置有工行心卡片插入到移动的车辆中，这后面蕴含的商机是无限的，也预示着工行人要继续团结一心、努力进取，为社会作出更多、更大的贡献。

# 选择了 ETC　就得一往无前

## ——《他们的身影一直在路上》点评

**朱　晔**

（中国作家协会会员、中国金融作家协会秘书长）

“没有比人更高的山，没有比脚更长的路。”

这是诗人汪国真的《山高路远》中的最后两句，用这两句诗来形容近年来中国高速公路的飞速建设和发展历程非常的贴切。在大西南、在湖南贵州交界、在杭州湾、在腾格里沙漠等，高速公路像一条腾飞的巨龙一路狂奔。

可高速公路发展越快，收费口的痛点越来越突出。为深化收费公路制度改革，便利群众出行、提高物流效率，交通运输部提出：力争到 2019 年底汽车 ETC 安装率超 80%，全国 ETC 推广普及势在必行。

时间紧、任务重，如何快速地为近 2 亿台车安装上 ETC，这个难题直接落到了银行人头上。

银行可以便捷地为高速公路公司提供方便快捷的资金结算、清算和划拨，可以让银行短期内完成天量的 ETC 推广任务，这是银行承接的新课题。可这也是银行必须要面临的一个新挑战，谁推广了 ETC，就拥有了与广大车辆用户的接口，无形之中也就拥有了用户对应的市场份额。这是一块难啃的骨头，可银行人知道，再难啃也得勇敢面对。

上下一盘棋，东西南北中。

全体工行人行动了起来，找资源、寻方法、想对策、解难题。在困难面前，他们坚信办法总比困难多；在痛点面前，他们以团体智慧代替个人经验；在用户面前，他们将心比心、以心换心。功夫不负有心人，他们以实际行动取得了骄人的战绩，向政府和人民交出了满意的答卷。

进取心、同理心、事业心、责任心，原本都是一个个的概念，最终，他们都将它转化为具象化的特征：即进取心意味着超人的业绩，同理心展现了工行人的大爱无疆，事业心是工行人永续经营的资本，责任心是工行人战胜一切困难的法宝。最终，工行人将其转变为可以安装在ETC上永不停歇的工行心。

抚今追昔，也许还会有人觉得难以忘怀，可工行人以实际行动给ETC的推销活动以圆满的答案：

选择了ETC，就得一往无前。

# 55 天开业

## ——中国工商银行金阳支行筹建故事

“阿呷，告诉你一个事儿，咱们要成立金阳支行了！”当中国工商银行凉山分行的同事告诉土比阿呷这个消息时，阿呷心中不禁打鼓，“家乡经济那么落后，工行真的会设立网点吗？”

彝族姑娘土比阿呷是工商银行教育和就业精准扶贫支持计划的受益人，通过工商银行针对贫困大学生的定向招聘进入中国工商银行凉山分行就业，也是首批主动请缨到金阳支行工作的员工。

从最初的不可置信，到站在金阳支行大厅，不过 55 天，以至于阿呷至今都觉得一切就像做梦般不可思议。

在 2020 年决战决胜脱贫攻坚收官战的关键时点，从 4 月 23 日总行决定设立金阳支行，到 6 月 16 日金阳支行开业，仅 55 天。

2015 年底，中国工商银行开始定点帮扶金阳县，5 年来，累计捐赠资金超 2 亿元，为金阳的特色产业、教育就业、卫生健康等领域脱贫攻坚注入了源源动力。近年来，在工行派驻的扶贫干部努力下，金阳县已开设了 4 个助农取款点，让村民在家门口就能提取现金。

但这些远远不够，要想进一步加强在深度贫困地区的金融服务，就必须要设立工行的“桥头堡”。

于是，在 2020 年 4 月 23 日这天，工行总行决定设立金阳支行。

至今，阿呷回想起会议决定下达当天雷厉风行的一切，还是觉得热血沸腾。

凉山分行一接到四川省分行对金阳支行筹建工作的安排，就开始了行动布局，由四川省分行牵头成立的金阳支行筹建工作领导小组和筹建工作组在会议当天就从西昌出发，赶往金阳展开网址勘察。

谁料路途中遇上了道路翻修，以及风雪冰雹交加的极端天气，213 公里的路，足足走了 9 个小时！

但当夜里十点筹备组抵达金阳时，没有一丝懈怠，立即投入到勘察工作中。

55 天里，凉山分行党委每周至少召开 1 次会议，安排部署、协调解决金阳支行筹建相关工作。

55 天里，金阳支行筹建工作组成员各司其职，图表式推进手续报批、设计装修、人员招录等 47 项工作，他们每天的平均工作时长超过 12 个小时。

55 天里，8 小时的车程更是家常便饭，有一次由于塌方堵路，筹建组连夜在泥泞道路上步行近 1 小时。此番经历后，组里甚至有人发出慨叹，“这是我这辈子走过最危险的路”。

这样紧绷的弦一直持续到临近开业的最后 7 天，总行、省分行相关专业领导和筹建组成员共 10 余人一同驻扎金阳，分工协调、追赶进度，人均每天接打工作电话超过 100 个。

超负荷高强度的工作节奏也着实让人吃不消，疲惫使得有人在噪音喧天的装修现场，靠着椅子就睡着了，醒来之后还开玩笑说，“沙龙区的椅子就我先来开张了！”

金阳支行筹建组的速度、精神以及乐观的态度，感染着凉山分行的每一位同事。刚从会东支行回到凉山分行的杨华国，对金融网点之于贫困县的重要性和筹建过程的艰辛程度深有体会。所以在接到金阳支行行长的任命时，杨华国毫不犹豫，直接简单而有力地表态——“好，我去！”

接到任务的当晚，杨华国便开始收拾行囊。年迈的母亲和稚幼的女儿见此情景多有不舍，杨华国心里也很不是滋味，还好有妻子的支持，给了他坚定的决心。

杨华国受任的干脆利落在无形中也吸引了更多人主动参与到金阳支行队伍建设中，最早报名的两人就是土比阿呷，和同样是中国工商银行凉山分行贫困大学生招聘受益人的金阳姑娘俄底么里杂。

她们有着共同的信念——学习不是为了逃离贫困的家乡，而是让家乡不再贫困。“工行帮助我们完成学业，解决就业，现在帮扶家乡脱贫，筹建金阳支行，我们必须去贡献一份力量！”

除此之外，还有杨尔哈、曾剑锋、李蓉、王梓诺……这些来自凉山分行各部门、各营业网点的工行员工源源不断地投入到筹建金阳支行的队伍中来。

他们从不辩驳和埋怨，因为既然选择了远方，就只顾风雨兼程。

2020年6月16日，金阳支行如期开业。

中国工商银行董事长陈四清与四川省、州、县政府相关负责人通过视频“云”端会议，共同见证了这一特殊时刻，“金融、扶贫、民族、科技”成为金阳支行炫目的金字招牌。

网点走廊鲜明的主题文化墙、彝汉双语发音的机器人、大厅柜台的扶贫产品展示专区……诠释出工行对民族文化的尊重、对区域发展的重视和与凉山人民携手奔小康的信心。

工于至诚，行以致远。至此，工商银行在金阳的脱贫攻坚工作掀开了新的一页！

# 萤火虽微　能汇星河

## ——中国工商银行金阳支行筹建故事点评

吴延军

（《城市金融报》总编辑）

55 天，一家银行网点在国家级贫困县从无到有、从构思到建成，这是个几乎不可能完成的任务！而工行四川凉山分行人不畏艰险，积极进取，硬是把不可能变成了现实，创造了令人惊叹的金融机构建设的“工行速度”。

金阳是工商银行定点帮扶的国家级深度贫困县，地处“三区三州”的凉山彝族自治州，位于横断山脉深处，交通不便，经济社会发展相对滞后。“地方所需、工行所能”，在这里成立金融机构，就是为了做足金融优势，为脱贫攻坚注入活水。

如何才能做到这“不可能完成的任务”？

先贤曾说：“必须敢于正视，这才可望敢想、敢说、敢做、敢当。”我认为，这是一句合适的回答。

55 天里，凉山分行党委每周至少召开 1 次会议，安排部署、协调解决金阳支行筹建相关工作；

55 天里，与筹建相关的 47 项工作，工行人各司其职，图表式推进，每天平均工作时长超过 12 个小时；

55天里，往返分行与筹建支行之间，许多人经历了“这辈子走过的最危险的路”。

……

凉山工行人知道，银行网点早一天建成，就早一天孕育出彝族乡亲致富的希望，早一天架起脱贫的金融桥梁。

在这55天里，他们都想把时间向前多赶一点，哪怕是一分，或者是一秒；在这55天里，他们没有什么惊天动地的行为，没有什么感人肺腑的话语，有的只是一句“我愿意”；在这55天里，是因为他们无私的付出让这遥远的距离变得近在咫尺。

平凡，便是这般模样。凉山工行人自愿举起手中的萤火，非与皓月争辉，而是希望能点亮前行之人的道路，守护身旁的一方天地。

金阳是工行四川省分行加大对贫困地区金融支持力度的一个缩影。近年来，四川省分行还创新推出了“金阳扶贫椒芋贷”，成功投放创业致富贷、“金叶e贷”和“扶贫商e贷”等。

萤火虽微，熠熠生辉，汇聚万千，灿若繁星。在乡村振兴道路上，数十万工商银行人以攻坚之勇，勠力践行着大行担当，让更多贫困群众享受金融实惠；以绣花之功，普惠金融趟出了脱贫“金”路，让贫困乡村绽放出幸福之花！

# 春天的故事

## ——中国工商银行科创企业金融服务中心故事

2018年5月以来，中国工商银行科创企业金融服务中心（以下简称科创中心）在深圳落地生根、不断成长，成为工行深圳市分行肩负大行担当、支持科创企业发展的重要新兴力量，助力深圳践行高质量发展要求，深入实施创新驱动发展战略，打造大湾区创新发展引擎，书写了深圳工行的“春天故事”。

### 一以贯之　肩负“大的担当”

大行应该有大行的样子，不仅是规模庞大，还要站位大局、志向远大。对工商银行来说，在体制内设立科创中心，发展科创金融、服务科创企业，本身就是一种刀刃向内、自我革命、行内创业，紧跟国家创新驱动发展战略，将自身发展融入国家发展大局，一以贯之肩负起国有大行的担当。正如科创中心负责人所说：“工行支持科创企业发展是履行国有大行的一种担当，一种社会责任，希望切切实实帮助民营企业实现真正意义的创新。”

某公司是全球人工智能和人形机器人领军企业。早在2012年，公司刚刚成立，创始人在经历了四处碰壁、技术研发面临中断的困境后，抱着试一试的态度向工行深圳市分行申请贷款。令他没有想到的是，工行不但没有因为机器人这个当时偏冷门的行业拒绝他，反而很快为公司发放了 800 万元的小企业贷款，让公司的研发得以继续。随着技术成果不断转化，公司顺利拿到了风投资金。

在与工行深圳市分行初次合作 6 年后的 2018 年 5 月，公司成长为全球智能机器人独角兽企业，完成由腾讯领投的数亿美元融资，跟投名单中就有工行深圳市分行。但哪怕是像该公司这样的高估值科创领军企业，在原有银行评审体系中也是得不到多少贷款的。就在一周后，科创中心在深圳成立，便迅速对公司开展专业调研，高效审批了数亿元无抵押、纯信用的综合授信，工行深圳市分行也逐渐成为该公司最大的贷款和投融资业务主办银行。

公司创始人曾经评价："工行见证了我们从无到强的发展历程。"其实，该公司也见证了工行科创金融的创新发展历程。变化的是手段和能力，不变的是初心和担当，如科创中心负责人所言："以前，我们贷款给企业更看重企业过去财务指标如何、现在有什么资产，但针对科创企业，科创中心创建了一套全新的评价和服务体系。现在，我们还看重企业的核心技术自主研发能力、持续创新能力、未来发展前景。"

## 多点开花　培育"新的能力"

无抵押、纯信用，追求稳健的工行为什么敢把钱贷给科创企业？科创企业除了传统的经营风险和财务风险，增加了行业风险及技术风险，还往往具有“两高一轻”特征，风控难度大大增加。科创中心负责人坦言：“银行为什么不敢把钱贷给科创企业？说到底，就是银行很难评估风险。因此，我们就要解决风险控制的痛点，让银行人从上到下敢贷、愿意贷、懂得贷。”

为此，科创中心打造科创金融风控五大武器。正如科创中心负责人所说：“完成这五大创新之后，让整个信贷从业人员对科创企业看得更精准，判断得更精准，同时风控也能做得更精准，基本上解决了不敢碰、不敢贷，甚至看不懂科创企业的问题。”随着创新持续推进，科创中心建立起全流程“科创金融风险防控体系”，还推出“科创企业综合金融服务体系”，按照非融资到融资、简单到复杂、低附加值到高附加值的层次，全面提高了科创企业对工行金融产品服务的可得性与适用性。

某科技公司是全球领先的耳机研发制造企业。时值成长期的某某科技，此前由于收入规模有限，没有房产等固定资产抵押，一家银行贷款额最多不超过 2000 万元。随着核心技术的突破使得产品订单迎来爆发式增长，产能扩张迫在眉睫，原材料采购需求激增，原始资金积累不足、现金流吃紧等问题逐渐凸显。对此，公司总经理这样说：“过去这些贷款与我们的销售额相比，差距太大了，远远不够解决问题。而且，此前在银行办理贷款的过程中，手续非常复杂，要准备特别多的材料。”而在科创中心的专业服务下，该公司拿到了工行深圳市分行数千万元贷款额度。“工行科创中心到我们公司调研以后，根据我们的特点做了定向服务，给了我们综合性的授信方案。这大大降低了我们的融资成本，提高了融资的效率，我们非常满意。”公司总经理为科创中心的服务点赞。由于 70%的产品销往国外，科创中心还为该公司匹配了外汇衍生交易产品，规避外汇方面的风险。

像这样拥有量身定制融资方案的企业并不是个案，“每家企业的授信方案都是量身定制的”，科创中心依靠专业化的团队，以机构定位、组织架构、风控体系、服务体系的创新，为众多科创企业提供优质服务。

## 全面赋能　展现“强的水平”

某公司是一家从事智能耳机、音箱等声学产品的高新技术企业。其创始人认为，对科创企业而言，融资是最基础的服务。“科创中心最大的价值不是融资，而是通过生态联盟为企业赋能，比如，帮助科创企业对接政府资源、产业合作资源等内容。”其实，科创中心自成立之初就创新生态合作体系，与政府机构、创投机构、资本市场、产业资源对接，构建“工银科创金融联盟”，建立起从前端精准获客营销到中端有效风险识别，再到后端风险管控的联盟式生态合作体系，实现社会优势资源的高效整合与精准滴灌，为科创企业提供全方位综合金融服务。

某公司是从事互联网数字内容运营的国家高新技术企业，是南山区政府重点培育扶持对象。在许多人眼中，像该公司这类轻资产的互联网新经济企业似乎与银行的风控体系格格不入，事实也确实如此。在其成长过程中，很少会与商业银行打交道，融资主要是靠 PE、VC 的股权投资。但是，科创中心发挥工银科创金融联盟优势，在南山区科创局的推荐下，协同深圳知识产权保护中心，以著作权(游戏版权)质押为突破口，成功为该公司发放了深圳市首笔著作权质押融资，化

“知产”为“资产”，帮助公司实现“知产”变现，得到政府部门高度评价。

成立两年多，科创中心作为工行深圳市分行服务科创企业的重要力量，服务了一批最前沿的头部科创企业，支持了一批高成长的中型科创企业，培育了一批有前景的普惠科创企业。截至 2020 年末，工行深圳市分行累计服务科创企业近万家，覆盖新一代信息技术等战略性新兴产业，支持了深圳科创企业发展壮大，为深圳乃至大湾区的高质量创新发展增添了金融动力。

# “深”爱创新　见“圳”未来

## ——中国工商银行科创企业金融服务中心故事点评

卢　静

（中国金融作协会员）

1000个日夜很短，因为一项项创新突破相继落地，将时间折叠压缩；1000个日夜很长，因为一个个创新步伐日夜兼程，让岁月充实精彩。从2018年5月10日走来，科创中心作为工行深圳市分行服务科创企业的一支尖兵，踩着国家创新驱动战略落地的鼓点，跟上深圳经济特区发展的节拍，奏响了一段属于工商银行的“春天故事”。

只有敢于走别人没走过的路，才能收获别样的风景。工行在体制内设立科创中心，是大力发展科创金融的自我革新，更是服务实体经济的初心坚守。从初创期、成长期到成熟期，从结算、投融资到战略资源导入，从企业发展到产业链升级，从互联网新经济到硬科技先进制造，从深圳到大湾区乃至国际市场，“创新”二字如一条生命线，始终贯穿科创中心的机构定位、组织架构、风控体系和服务体系发展，让每一家科创企业都能从中看到自己的未来。

服务好不好，客户最有发言权。一家家科创企业的高度认可，打造了工行深圳市分行科创金融服务的优质口碑，更汇聚了创新发展的前行动力。迎着“双区”建设全面铺开的历史机遇，科创中心扬起了更绚丽的创新画笔，为工行深圳市分行服务实体的画卷，绘就出更多的时代精彩。

# 云上战“疫”

## ——中国工商银行数据中心战疫远程应急保障青年突击队故事

2020年年初，突如其来的新冠肺炎疫情让我们的社会生产生活发生了深刻的变化。云开学、云开会、云问诊、云招聘……原本渐次而来的“云”，似乎在一夜之间全面地扑进了我们的生活。在这个特殊的时期，工商银行数据中心的科技人也迎来了一场云上战“疫”。

### “疫”不容辞　担科技使命

疫情对工行经营管理和业务开展的方方面面都造成了不小的影响。其中，受疫情防控要求影响，远程银行中心客户坐席到岗率难以得到有效保障，实际在岗服务能力与客户来电量存在较大缺口，带来了极大的服务运营压力。他们打来电话向数据中心请求帮助……

“您好，这里是远程银行中心，我们的客户坐席工作属于室内大量人员聚集型办公，按总行疫情防控要求，是需要安排分批上班的，但这样我们的现场客服就变少了，客户办理业务时等待时间可能会延长，客户满意度将会下降。能否请数据中心帮忙提供一个云上办公环境，让客服人员居家也能利用互联网做好客户服务，这样就两全其美了，拜托。”同时，随着疫情在全球的迅速蔓延，英国、美国、印度、俄罗斯等国家的工行境外机构，也陆续提出员工居家通过互联网处理业务的紧急需求。

“您好，这里是工银欧洲信息科技部，欧洲的疫情形势愈发严峻，多个国家已采取封境、封城等严格措施。原计划我们来代理下辖机构业务进行应急，现在看也不行了。还请数据中心提供技术支持！”

“您好，这里是……”

一个个紧急电话的背后是对“线上办公”“远程支持”的迫切需求，但开通远程办公功能绝非想象中的那么简单，随之带来的系统稳定和信息安全风险才是更大挑战。如何在兼顾业务开办需求、做好客户服务的同时，确保全行信息系统安全稳定运行，成为摆在工数人面前的一道难题。

## 争分夺秒　显青年担当

“打响‘云’战役，就要有‘云’速度，没有任何理由，我们一定要尽快上线云桌面！”

面对分行和业务人员的紧急需求，数据中心迅速成立“战‘疫’远程应急保障青年突击队”，郭军、陈力、王良钰等几个年轻骨干主动立下军令状：一定在最短时间内拿出适合工行实际的远程办公方案！

随着信息化升级进程加快，网络安全威胁的形式也随之演进，威胁的态势也日趋严峻。远程办公场景增多，VPN 服务器成为黑客主要攻击目标。郭军他们明白，开通居家远程办公需要慎重研究，黑客攻击、数据泄露等安全风险防不胜防，尤其是要做好安全防控。

“虽然我们可以采用 VPN 加密隧道的方式进行数据保护，但是今年以来，VPN 隧道也有被攻破的传闻，我们要防止 swift 客户端直接暴露在互联网上被植入木马。”王良钰眉头一紧，即便是工行的 VPN 版本早已修补相关漏洞，但他仍觉得不放心，建议在此基础上，再加一层“保险”。

那么该如何加这个“保险”呢？成员们犯了难。

查资料、寻案例、求助其他技术达人；抛想法、共讨论、否定之后重新再来……时间不知不觉溜走，思路也在辩论之中逐渐清晰。

“我们可以考虑将办公场所的业务终端统一上收部署在云端数据中心，这样的话，业务人员从互联网接入，经过认证后，才可以操作云桌面办理业务，而且只能查看云桌面的屏幕图像，无法直接上传或下载文件，这样便能有效避免被黑客植入木马，提高数据安全了。”队长郭军提到。

这一想法顿时打开了思路，成员们又提出了更进一步的安全限制策略：“对！对！同时，我们还可以根据疫情变化和业务需求，对不同地区、不同时间段，精准打开和关闭访问通道，这样可以进一步降低黑客攻击风险。”

“这么一来，一方面我们可以推出数百套定制化云桌面，满足各类境内外机构远程办公访问需求，另一方面又能多管齐下不断强化安全风险把控，确保访问安全。”

“这个办法好，就这么干，咱们分头行动吧！”郭军的脸上终于露出了笑容。而他们，也开始了一场与时间的赛跑。

## 攻坚克难　让使命必达

自 3 月下旬接到任务，突击队成员们迅速出击，集思广益、组织讨论，结合业界案例分析研究技术原理和安全控制措施，在两天内快速完成“VPN+ 云桌面 + 云服务器”的方案制定和技术路线研究测试。为了争取时间，他们夜以继日地加班加点，经常忙得顾不上吃饭。紧急调拨、上架硬件资源，组织应用和业务部门制作专用桌面模版，开通全链路防火墙，开通 VPN，进行云桌面部署授权，开展业务试点验证……得益于数据中心为金融抗疫业务和灾区支持需求相关变更在第一时间建立起的绿色通道，远程办公业务背后的资源需求和技术变更等一系列工作在短短一周内就全部完成。3 月 27 日，数据中心成功上线“VPN+ 云桌面”远程支持系统，优先满足了业务的紧急需求，实现了行内第一个居家客服的业务线。

在后续的两周内，突击队成员们不断优化工具脚本，实现云桌面的大批量稳定持续供应，成功实现疫情期间客户服务、银行卡业务、结算清算业务的网上办理。

面对疫情防控这场没有硝烟的“战争”，有人不顾安危、冲向一线，有人舍弃小家、守护大家，有人立足本职、发挥专长……工行“云桌面”的背后，是一群默默坚守的工行科技人，他们勇于担当，迎难而上，守护着 365 天，7×24 小时永不停歇的金融服务，不仅铸就了无坚不摧的安全盾牌，更是在金融抗疫的战场上勇往直前，展示出担当负责的工行力量。

# 科技战“疫” 彰显工行力量

## ——数据中心战疫远程应急保障青年突击队故事点评

赵 智

（中国作家协会会员）

疾风知劲草，战“疫”显担当。面对突如其来的疫情，工行科技青年挺身而出，高效协作，用担当和实干为抗击疫情助力，为安全生产护航，在金融抗“疫”的战场上勇往直前，展示出时不我待、舍我其谁的“工行力量”。

工行“VPN+云桌面”的迅速上线，得益于科技青年骨干在关键时候站得起来、冲得出去，体现出工行科技人讲奉献、敢担当、能攻坚的优秀品质；更彰显出工商银行在非常时刻兼顾疫情防控和服务经济社会发展的任务，以实际行动诠释大行的责任与担当。心有所向，行则必至，实干筑梦，行稳致远。时代以挑战出卷，没有激昂的誓言，却勇往直前，非常使命，非常担当，初心是什么，使命是什么，工行金融科技青年用行动作出了最响亮的回答。

面对疫情防控这场没有硝烟的“战争”，数据中心战疫远程应急保障青年突击队成员们，是操作电脑的英雄也是敲击键盘的铁汉，铸就了“您身边的银行、可信赖的银行”!

# 特殊的函证

## ——中国工商银行投资银行部故事

近年来，上市企业财务问题时有出现，审计工作倍受关注。银行询证函作为在审计程序中的重要函件，扮演着重要角色。为了改善审计质量，解决纸质函证中存在的问题，中国工商银行践行大行责任担当，贯彻“客户至上、服务实体、科技驱动、价值创造”的工作思路，承引领行业、服务行业的“领头雁”责任意识，率先启动实施银行询证函电子化改造，于 2019 年 6 月推出国内首款电子询证函平台——工银函证 e 信。函证 e 信面世以来，凭借其线上操作、系统反馈、极速处理的优势，在抗击疫情、服务客户方面取得了积极成效。

### 驰援湖北　函证 e 信解客户燃眉之急

“我们集团四月要披露年报，但是湖北大部分地区工行网点因为防疫不营业，我们审计团队当前没办法函证湖北分公司账户，请你们帮忙解决。”2020 年春节后，正值各公司会计年审的关键时期，但由于湖北分公司无法获取函证数据，某通信集团财会部异常着急。

要立即行动起来！接到客户反馈后，投资银行部金融顾问咨询处急客户所急，第一时间通过电话会议，同总行公司部、运管部、科技部以及北京分行共同商讨解决方案。

“湖北网点没有办法线下函证，疫情期间科技条线要保障核心系统平稳运行，也无法后台取数，我们就用函证e信在线上解决吧。”在电话会议讨论中，多种方案遇阻，小刘果断提出自己的设想和方法。方案最终得到认可，团队立即忙碌起来，变通流程，联系客户，协调研发。

细心的小刘还发现，由于该集团湖北分公司财务也未进行现场办公，无法加盖印鉴确认授权。为此，小刘又反复同法律部、客户沟通，确定以发函的形式替代客户印鉴授权，确保了特殊情形下业务的合规办理。

“函证流程已经测试通过”、“客户已发函，系统后台请通过授权”、“函证结果已经反馈客户”，一遍一遍沟通业务，一步一步推动流程，小刘每天沟通协调问题，一干就到深夜。问起小刘，她说，“每天看着那么多医护工作者冒着生命危险在一线救助病人，我只是做好了我的本职工作，帮助客户解决问题，真不算什么”。

数据接通成功向客户反馈的时候，小刘向处内同事回翻着似乎翻不完的通话记录和群沟通记录，“我这周的工作太有意义了！”

除为该集团解决函证回函问题外，在疫情期间，函证e信利用线上操作、系统反馈、极速处理的优势，还为其他集团客户解决疫区分支机构的函证问题，服务了集团重点客户，有力支持上市公司2019财年年审工作。2020年底，河北同样发生大规模疫情，多家客户通过函证e信实现线上回函，顺利开展审计工作。某会计师事务所使用函证e信后，对本产品的时效性及便捷性交口称赞，向我行颁发“最具价值合作伙伴”。



## 科技驱动　打造银行业首家电子询证函平台

银行询证函业务是商业银行一项基础性常规服务业务，社会效益高，风险外溢性强，是夯实市场主体会计信息质量、防范金融风险、维护金融秩序的重要途径。为响应客户需求、加强风险防控、优化业务流程，2018 年下半年起，投资银行部、运行管理部、金融科技部联合组织实施了询证函业务电子化改造，通过应用 API、数据湖等金融科技手段和电子印章等改革成果，实现了对 14 个函证事项的数据集中处理与自动反馈。改造后拥有集中处理中心的大型函证机构，可通过 API 专线进行对接，实现对函证申请的批量处理；没有集中处理中心的小型函证机构可通过工商银行企业网银发起业务申请。被函证单位可以登录企业网银，按照在银行设定的 U 盾授权权限进行业务授权，电子询证函系统就会自动调取工商银行内部 15 个相关业务系统数据，在线自动生成电子询证函，并当日反馈至会计师事务所。电子询证函相较于纸质询证函优势明显：

电子化模式效率大幅提升。电子询证函实现了银行询证函业务从线下手工分散操作向线上自动化、标准化、集约化处理模式的转变，银行处理效率从原来的 10 个工作日缩减至 30 秒，业务处理效率大幅提升，银行询证函业务管理更加规范化，客户服务体验大幅改善。

信息化处理更便捷。函证申请直达银行，无需采用传统方式进行实物邮寄。函证单位通过自身审计系统或工商银行企业网银即可单笔或批量形式发起函证，被函证单位企业网银授权页面操作便捷。另外，集团客户还可以在线对子公司一次性批量授权。

直通化运行有效控制操作风险。函证结果为系统自动生成且直接返传函证单位，不存在人为操作风险，不存在回函信息被拦截、修改、删除、泄露等信息传输风险，传统的线下纸质手工、分散处理流程的操作风险得以有效控制。

全流程订单化管理更透明。电子询证函采取全流程订单化管理，各业务处理节点状态透明展现，处理人员信息全记录。避免了纸质询证函人工处理、线下邮寄的弊端，大幅提升了函证质量与效率。

从会计师事务所的体验来看，电子询证函大幅提升了函证质量与效率，有效解决了长期以来困扰审计行业的问题。从发展方向来看，电子询证函实现了银行询证函从线下手工分散操作向线上自动化、标准化、集约化处理模式转变，落实了监管对“建立银行函证集中处理机制”的要求，为审计质量提供保障，对推动建立安全透明、公允可靠的审计环境起到关键性作用。

## 小产品大作为　函证 e 信彰显大行担当

作为一站式函证解决方案，函证 e 信推出以来，受到财政部、银保监会、人民银行的高度重视，我行积极配合监管调研、座谈和集中办公，推进询证函电子化工作，获得监管机构及行业协会的高度认可，财政部发来感谢信，对我行勇于担当的社会责任感和高质高效的工作作风予以肯定。

下一步，投资银行部将践行专业、专注、精益求精的“大行工匠”精神，不断推动产品创新，持续服务实体经济，在打造询证函电子化新业态、共建金融审计安全新环境的进程中，彰显工行力量。

# 函证创新品　抗疫显神威

## ——《特殊的函证》点评

刘广云

（中国作家协会会员、中国金融作家协会理事）

银行电子化是20世纪80年代以来，中国银行业一直重点研究探索和快速发展的新课题。中国工商银行一路率先实现了银行业务经营与管理的电子化，在银行多个业务领域开创了电子化之先河。如先后创建了综合业务系统、NOVA系统、智慧银行ECOS、网上银行、电话银行、手机银行、工银函证等……

其中，工银函证e信，只是工商银行不胜枚举众多创新产品中的一个，它是在疫情特殊时期创新的一款电子化新产品。相较于国际电子询证函，亟待改进和完善。工商银行一直注重提升银行函证工作质量和效益，强化规范性，积极探索完善函证处理系统，通过对数十万笔函证业务的大数据深度分析，积极组织实施询证函电子化改造，在湖北突发疫情期间，危难之中，成功打造了国内首个银行级电子询证函平台。

工银e信这个创新小产品具有许多独到之处：国内首创；首先上线；变通健全操作流程；函代印鉴授权等。银行询证函电子平台的诞生，一方面，改变了长期以来线下依托柜员人工操作的模式，减少了通过人工判断的内部调查环节，降低了人工干预风险；另一方面，利用API数据传输、U盾核验客户身份、电子印章查验真伪等技术，确保数据传输完全，避免回函信息被拦截、修改、删除和泄露等风险，为审计提供保障，对推动建设安全透明、公允可靠的审计环境起到了关键性作用。

与此同时，财政部、银保监会牵头开展提升审计专项治理。工商银行率先开发并上线了银行询证函电子化平台，对于提高函证可靠性，提升审计质量，提高经济与社会效益，具有里程碑意义。从而，促进审计会计事业健康发展。

疾风知劲草，板荡识诚臣。在突发疫情的危难之中，工商银行急客户之所急，想客户之所想，破解疑难问题，履行社会责任，彰显大行担当。

学习无止境，创新无穷期。相信工商银行在未来的改革与发展中，为客户提供更多更好新产品，不断创造新奇迹，为国家作出更大贡献；在瞬息万变、竞争激烈的金融市场大潮中，矗立潮头，激流勇进；在全面建设社会主义现代化强国、实现中华民族伟大复兴的中国梦的进程中不忘初心、牢记使命、砥砺前行。

# 这样的年轻人

## ——中国工商银行业研人打造极致产品的故事

满眼生机转化钧，天工人巧日争新。在中国工商银行业务研发中心，有 1300 名这样的年轻人，他们栉风沐雨，辛勤耕耘，在业界书写了拼搏进取与奋发有为的光辉篇章。

在业务研发中心，有一群孜孜矻矻、埋头苦干的年轻人。树影花间，匆匆走过的步伐透出坚定；笔头案前，苦苦思索的眉宇含着英气。他们就是奋战在工商银行前沿阵地，热衷研发创新的业研人。他们直面客户需求、捕捉市场动态、开展项目研发、编写业务需求、进行测试体验、跟踪投产效果、提供推广支持服务、持续优化产品，他们身上充满搏击时代风浪与展示真我风采的独特气质。

务实敬业是业研人昭示于世的第一印象。前来视察交流的业界同仁，莫不被办公区浓得化不开的工作氛围深深打动。编写需求的键盘敲击、功能梳理的讨论、沟通对接与请示汇报的电话响铃等，声声入耳。此刻，零售金融产品研发团队成员，为全面提升“融 e 借”个人信用消费贷款产品，集中在柔性团队办公。前期充分调研同业产品，结合互联网金融带来的机遇与挑战对个人贷款进行深入研究，在北京、广州等研发基地，他们与总行多部门一道办公，留下一幅幅鲜活图景：群策群力完善产品办法丰富应用场景，据理力争厘定细节控制产品风险，精雕细琢设计流程提升客户体验，反复沟通精简要素减少客户操作……这一切都源于对产品研发工作发自肺腑的挚爱。随着障碍渐次消除，他们的疲倦也一扫而空。凌晨时分，在广州灯火阑珊的酒店，一份份清晰的需求书画上句号、投入开发。在他们不懈努力下，“融 e 借”产品通过迭代方式不断实现优化升级。

专业专注是业研人留给时代的深刻烙印。当前，“互联网 +”思维深入人心，人们消费与支付习惯发生深刻变革。为使融 e 行手机银行更具用户黏性和视觉冲击，互联网金融产品研发团队不遗余力地捕捉新动态、改进新版本、研发新功能，持续改良它的易用性和友好性，留心的客户总能从每次细微变化中获得别样惊喜。融 e 行手机银行页面呈现近乎完美的视觉形象，有谁知道，那轻触鼠标几秒浏览的观感，凝聚了设计者几许专业素养？那是嘈杂工位前的精研苦读与繁忙邮件中的折冲求精。他们在项目交付及迭代研发中下足功夫，手机银行的运营规律、同业产品新功能近况、用户交互体验结论、Axure 设计技巧等，都是及时获得专业技能的装备和养料。年轻的业研人从接手的那刻起，就暗下决心，要以时下倡导的“工匠精神”笃定前行。

执着坚韧是业研人有所作为的不二秘籍。普惠金融产品研发团队在日常产品管理中发现工行缴费业务缺乏统一管理，缴费体验欠佳，便主动调研同业、分行及市场客户，梳理工行缴费业务现状，经过一番深入研究，提出整合现有多个缴费系统，搭建一个开放与便捷的通用缴费平台的设想。他们排除一切困难将此设想由蓝图变成现实，使工银 e 缴费产品闪亮登场。它像一颗珍珠光芒四射，但蕴藏的道路艰辛，恐怕只有置身其中的团队成员能够说清讲明。有道是牵一发而动全身，因涉及对总分行存量缴费项目的系统渠道整合与流程再造，它交叉辐射了总行多个业务部门和几乎全部分行，新系统与存量项目兼容性难以预估，分行差异化需求层出不穷，“但既然选择了，就得义无反顾地走下去”。只此一语，骨子里的倔强纤毫毕现。研发过程中，业研人分赴各地调研访谈，点滴梳理存量项目，对缴费模式、种类及渠道进行创新。要说最大的困难，还属分行的移行支持，尽管已最大限度考虑新旧系统的兼容性，但操作中仍会出现意料不到的各种状况。问题通过办公邮件、电话、微信等渠道，像柳絮雪片般纷至沓来，充斥工作休闲的每一处罅隙。他们没有回避、推脱和抱怨，而是有求必应、有问必答，凭着惊人的毅力和过硬技能，协调各当事方，促进产品优化，协助分行由点及面将产品轮番投产上线，实现大型平台当年研发、当年投产及当年见效的预期目标。

勇于开拓是业研人时刻凝望的精神坐标。不墨守成规，不因循守旧，须知外部形势日新月异，“今天，你携带创新思维了没?”差不多成为每人心头紧绷的一根弦。境外零售产品研发团队谈及个人客户全球账户项目，还为组合方案“见证开户 + 留学生信用卡 + 全球账户”的呱呱坠地喜不自禁。作为工行境外一项首创性业务，这个创意在工行海外产品模式中不啻为一种创举，它创新了境外业务境内办、跨境业务组合办的新型产品服务模式，开辟了留学生在海外快速积累个人信用的新场景，破解了跨境业务流程复杂、手续繁琐的难题，大幅缩减了客户临柜次数和业务办理时长。这是业研人经无数次视频讨论、跨国业务比较探讨及同业动态专题会，才曲折探得。日常每提一个新方案，都要跟当地监管政策、同业习惯、风控措施等严密衔接，在普适环境里体现工行亮点。

尽善尽美是业研人进行业务创新的犀利眼光。雨天的北京格外拥堵，早上八点刚过，位居金水大厦的客户体验室已人头攒动。业研人有条不紊地接待来自四面八方、各行各业的客户体验员。日常工作中，他们或调试设备，开展可用性用户评估；或摹拟场景，举办焦点小组讨论；或悉心设计，发起线上问卷调查。他们就像心灵按摩师，以专业水准和娴熟手法，抚平银行产品或创新项目中不易为人觉察的每一道“褶皱”。众客户被引入体验室，参与一场手机银行信用卡高保真产品原型的可用性测试，就信用卡栏目首页菜单设置、页面整体视觉呈现、卡片切换方式及卡面记载内容等是否符合心理预期，说明理由并提出建议。当蓝色的普卡、黄色的金卡、灰色的白金卡在手机屏幕上自动轮播时，他们不由击节称叹：“赏心悦耳，叫人耳目一新。”台前的绚烂烟花正源于幕后设计师的辛勤耕耘。近两个月，业研人充分了解业务部门的设计方案，调研市场同业产品设计，使用竞品分析方法开展桌面研究，从界面友好、操作简易、功能结构合理、产品呈现效果等方面统筹考虑，借助 Axure 绘制交互原型，运用 Photoshop 设计关键页面，结合目前时尚环保元素、工行文化特色与客户心理特征，对信用卡卡面实施分级敷色，不厌其烦地开展头脑风暴与客户访谈，忙得不亦乐乎，只为推出十全十美的银行产品。

木欣欣以向荣，泉涓涓而始流。两年来，业研人在使命召唤和目标憧憬中，立足本职岗位奋勇开拓、锐意进取、攻坚克难、创新突破，共同构成中心朝气蓬勃的员工队伍，成就了中心如火如荼的发展

态势。他们以业研人的专业姿态和独特价值，在业界撑起一片蔚蓝天空。那清新明丽的形象气质，正是中心和谐氛围的生动写照，更是工行全体创新人的美丽缩影。继往开来，砥砺向前，业研人的明天必定更加美好，更加辉煌。

# 以融合创新为产品永续赋能

## ——业研人打造极致产品的故事

鲁小平

（中作协会员，湖南金融作协副主席）

“当价格保持不变时，集成电路上可容纳的元器件的数目，约每隔 18—24 个月便会增加一倍，性能也将会提升一倍。”这是著名的摩尔定律，该定律揭示的是信息技术进步的速度。

摩尔定律说的是硬件的发展速度，其实，信息科技的软件发展速度比摩尔定律提到的速度更快，进入“互联网 +”时代，唯一不变的就是飞速变化。

早在十几年前，工行人就意识到，银行的竞争就是科技的竞争，科技的竞争核心是人才的竞争，谁拥有一支通科技、懂业务的人才队伍，谁就能领先银行的未来。

工商银行就拥有一支这样的人才队伍——业务研发中心。这是一支 1300 人的团队，他们的平均年龄不到 35 岁。这是一支充满朝气和活力的队伍，他们拥有技术融合的专业优势，以创新极致产品为奋斗目标，为工行产品永续赋能。他们直面客户需求、把握市场动态、精雕细琢需求、捕捉用户痛点、推出极致产品，为工行的产品研发和业务创新提供持续动力。

冰冻三尺，非一日之寒。这支团队脱胎于工行的“9991 工程”，经过数据大集中的锤炼，以及多年技术支持、产品测试、推广支持、产品研发的积累，务实敬业已经成为他们共同的价值观，专业专长是他们的核心竞争力，执着坚韧是他们战胜一切困难的法宝，勇于开拓让他们在激烈的金融科技竞争中能始终屹立潮头。

业研人在时代光影和市场波澜中，积聚“创新引领、担当有为、协同高效、严谨务实”的文化底蕴，牢记“打造极致产品、建设卓越中心”的创新使命，求新求变，不断融合创新，创造一项又一项佳绩，为中国的金融科技事业持续贡献产品和智慧。祝愿业研人以过往成就为起点，开启新的航程，乘风破浪，挂帆济海；希望他们在“创新”这一时代最强音的感召下，把握机遇，勠力同心，努力为用户创造价值、为工行创造效益、为社会创造财富。

# 第三篇 奉献

——做『不怕牺牲、英勇斗争』的奉献者

“不怕牺牲、英勇斗争”是共产党人骨子里的红色烙印，是我们党战无不胜的强大精神力量。当前和今后一个时期，全行战疫情、促发展、防风险、强改革的任务更加艰巨，只有增强忧患意识、时刻居安思危、敢于善于斗争，才能战胜困难，扎实走好实现第二个百年奋斗目标新的“赶考”之路。

# 南海赤子　金融尖兵

## ——中国工商银行三沙支行故事

中国工商银行三沙支行位于海南省三沙市永兴岛北京路13号，是三沙市标志性的金融机构。这里有一望无际的碧海蓝天，有纯净绵延的白色沙滩，在这片200多万平方公里的广袤海域上，62年来，先后有约200名优秀员工轮换到三沙支行工作，他们始终默默地为驻守在这里的军、警、民提供优质金融服务，彰显和捍卫着祖国金融主权。三沙支行2011年5月被工总行评为“军队金融服务先进单位”、2014年6月荣获中国银行业协会颁发的“2013年度最佳社会责任特殊贡献网点奖”、2017年5月荣获“海南省工人先锋”称号、2018年12月荣获总行“五星级服务网点”称号。

### 他们，是全国第一个“24小时银行”

20世纪80年代，年仅25岁的麦年红在接到上级任务后，主动推迟婚期，毅然带着5名年轻小伙子踏上了三沙这块神秘的土地，成为工行三沙支行(原中国人民银行西沙群岛南沙群岛中沙群岛办事处)第二任负责人。初上永兴岛，这里的碧海蓝天令人着迷，但是大家很快发现，淡水和蔬菜成了生活中最大的难题。特别是每年 9 月份进入台风季节后，更是难上加难。风浪一大，运输船和飞机都来不了，物资极度短缺。岛上一旦到了断粮的边缘，大家只能找野菜和木瓜充饥，过滤雨水当淡水。因此大家平时会自己制作鱼干、罐头、咸蛋、酸菜等当作备用物资，并且利用探亲回家的机会，用蚂蚁搬家的方法从岛外背食材上岛。

尽管条件艰苦，但大家用心服务的行动一刻也没有停歇。三沙情况比较特殊，人们大多是在夜晚港口涨潮的时候才能坐船进出岛，而这时也是驻岛军民存取款最多的时候。加上部队常有军事任务，用款很急，无论白天黑夜必须有求必应。可以说，工行海南三沙支行是全国第一个“24 小时银行”，在没有 ATM 机的时代，员工把自己当成移动 ATM 机使用，服务随叫随到。

经过几代工行人矢志不渝的努力，海南三沙支行终于在 2011 年结束了长达 52 年手工记账的历史，实现了全国转账汇款实时到账。一位三沙居民感慨道：“今天，三沙金融服务的改善来之不易，是几代工行人用青春和奉献换来的。”

## 她，是三沙支行最亮丽的一道风景

她三十多年来的工作生涯并没有做出过惊天动地的大事件，也没有响彻云霄的大名声，但是她在三沙一干就是四年，这四年的默默坚持与奉献又何尝不是一种胜利。她，就是三沙支行第一位登岛工作的女员工——王月蓉，大家平时都亲切地称呼她：“蓉姐”。



三沙市永兴岛地处赤道附近，全年平均气温在 30℃以上，是典型的热带海洋性季风气候，高温、高盐、高湿度、高日照、高辐射、多台风，长时间生活在此会对人体健康产生很大影响。蓉姐作为一名女员工，需要忍受的就更多。

蓉姐对待朋友和同事真诚，但凡岛上关注她的人，都觉得她亲切和善。作为一位知心姐姐，生活苦了，大家会向她诉说。2013 年，一名同事在岛上因误食带毒螃蟹而住院，蓉姐精心照顾，忙进忙出。住院期间，该同事甚至将“遗言”和自己的银行卡密码告诉了她，请她转交家人。

作为一名运营主管，蓉姐对待工作认真，吃苦耐劳，大家如果有业务难题，都会向她请教。每次有繁杂的业务难以处理时，她总是逐级询问，理清流程之后再耐心指导柜员，并一步步按规章制度执行。在三沙市成立之初，岛上很多单位相继到工行三沙支行开立对公账户，很多业务总是会因为三沙的特殊而与众不同。虽然业务多了难了，但是在蓉姐的把控下，三沙支行每月的扫描通过率基本保持全省前三，其他业务上的差错更是为零。

2016 年，蓉姐因为长期驻岛的原因，关节出现了问题。这一年，她不得不阔别三沙。三沙只不过是人生的记忆不同。也许对她来说，这只是她生活中的一段平常过往，但是她一定不知道，她在三沙留下的足迹，将是三沙可遇不可求的一道亮丽的风景。

## 他，是乐守天涯的传承人

62 年来，工行海南三沙支行每一位年轻干部都践行传承着“工于至诚，行以致远”的价值观，形成了具有南海国防文化基因特色的

"爱国、爱岛、爱岗、艰苦创业、守土有责"的三沙工行特色文化，并涌现出了许多海南分行优秀的中层管理干部。2012—2018年时任三沙支行负责人的罗海云同志，更是他们中间的突出代表，曾荣获工行海南省分行2015年度特殊贡献奖、2016年海南金融五一劳动奖章、2017年全国五一劳动奖章、2017年全国金融五一劳动奖章、2018年总行"大行工匠"等多个荣誉称号。

在任职的近6年时间里，罗海云往返永兴岛及周边岛礁70多次，行程10000多海里，克服交通不便、生活工作环境艰苦等诸多困难，坚持"以人为本抓管理，以海岛文化抓服务，不断进取求突破"的工作思路，不断拓展三沙支行服务范围。实现以全国联网为依托，抓住三沙设市开发南海带来的良好业务机遇，与时俱进提升整体服务水平，推出了理财、信用卡、POS业务、代发工资、公务卡等业务品种，让驻岛官兵、党政军单位和居民，零距离分享全国无差异化的服务。

罗海云带领团队成员敢闯敢试，主动与监管部门反映，取得了结算账户开户审批流程简化的专属政策支持，使开立结算账户时间可在2天至3天内可完成，极大地提高了服务新入驻开发三沙企业的工作效率。并且在上级行和监管部门的批准下，对海洋捕捞、国有保障服务等单位开办POS业务，给予极大的费率优惠，使工行的服务终端覆盖了永兴岛地区的消费场所。针对驻岛部队应急资金保障的特殊需求，三沙支行与驻岛部队签订应急资金保障协议，并实行全员24小时值班制，以保证随时启动应急资金保障方案。罗海云团队6年的坚守服务赢得了驻岛军地单位及人员的赞誉。



麦年红、王月蓉、罗海云等一批又一批工行员工，以实际行动传承着老一辈三沙工行人“开拓、扎根、奉献”的精神。而正是工行三沙人勤奋、务实、严谨、奉献的精神，以及高度负责的工作作风，在三沙这片热土上盛放了专属于中国工商银行金融服务的坚韧之花。

# 坚守天涯　播撒希望

## ——工行三沙支行故事点评

**洪佳佳**

（《证券导报》记者）

20世纪50年代，中国工商银行就在永兴岛设立了办事处，当时是永兴岛上唯一的银行。

从手工操作记账历史开始，到跨入银行科技信息大数据时代，在62年的岁月变迁里，三沙工行人在这里浇灌理想、播撒希望。一代又一代的工行人克服了艰苦的生活环境，忍受着与亲友分离的孤独寂寞，数十年如一日，向南海军民提供着金融服务，彰显和捍卫着祖国的金融主权。

“坚守、奉献、开拓”——这是刻在三沙工行人骨子里的“精神图腾”。这种平凡的坚守，在漫长的岁月里更显得弥足珍贵，跃动着至真至纯、炽热如火的赤子之心，蕴藏着无私无我、真挚深厚的家国情怀。

如今的工行三沙支行，正高举习近平新时代中国特色社会主义思想伟大旗帜，顺应新时代党和国家事业发展趋势，积极满足驻岛官兵、党政军单位和居民多样化、与全国同步的服务需求，树立起三沙支行“海上银行”的优质品牌形象。

# 新发地战“疫”守门人

## ——中国工商银行北京丰台支行抗疫故事

2020年6月11日，因突发新冠肺炎疫情，“新发地”上了热搜榜。而工商银行北京丰台支行的28家网点，有26家处于中高风险区。疫情来势汹汹，丰台工行人面临前所未有的严峻考验。

### 大考是担当的高光：越是危险，越要靠前

会议室里，支行领导班子神色凝重，党性大考、责任担当、科学应对、统筹调度，很快成为大家的共识。支行当即宣布，启动一级响应。此后，10天内相继召开了6次疫情防控领导小组会议，落实管理责任，强化防控措施；开展了9轮员工及家属接触风险排查，完成全员核酸检测，组织营业网点、办公场所全面消杀。6月中下旬，近90名员工因接触风险居家隔离。审时度势，支行行长说：“特殊时期，信心比金子更重要。我们必须把员工关爱的阵地转移到线上。”支行领导与隔离员工视频畅谈，一起在线上PK厨艺、练习八段锦，将画着笑脸、写满祝福的口罩送到员工手中，使大家真切感受到“守望相助、共克时艰”的涵义。

“支行 660 名员工要有必胜的信念，我们的坚守就是 150 万客户的安全防线！”

在员工眼里，敦实、温和的老行长睿智而果敢，临危不惧，在统筹疫情防控和经营发展上丝毫不敢懈怠，表现出了指挥若定的领导风范。2020 年前 7 个月，支行配合丰台区财政、卫健委完成数亿元应急资金拨付；全力争取资源，发挥金融科技力量，为 7 家医疗物资、生活物资保障企业紧急审批贷款 2.8 亿元，为 230 多家单位上线工行“智慧战疫”产品；积极响应区政府号召，组织 40 名青年员工支援社区防疫工作，为封闭的医院、部队提供上门金融服务。支行的战“疫”事迹，被“学习强国”学习平台，及《北京日报》《金融时报》《工行通讯》等媒体刊登，被“工行北京”“丰青 online”等公众号报道，展现了工行人众志成城的强大精神力量。

## 奋斗是最美的姿势：与客户同在，与时间赛跑

新发地市场封闭后，新发地网点被迫关停。营业室主任刘增佳和员工们隔离期满后，第一时间向支行请战：“我们在哪儿，新发地网点就在哪儿，一定保证对新发地商户的服务不断档！”他们配合支行信贷部门，为 30 家商户发放 9000 万元普惠贷款。新发地某蔬菜供应商在我行贷款到期，负责人因隔离无法到店还款，他们就通过远程指导，帮助供应商足不出户办理了线上续贷 130 万元。供应商感慨万千地说：“你们真是雪中送炭，解决了我的燃眉之急！”

万年花城网点的武汉籍姑娘蔡蒙晨，父母刚从武汉抗击疫情一线撤回，就听说新发地市场出现了疫情，看着女儿全副武装在烈日下站

岗，双手被手套捂得又红又肿，他们心疼不已。为了让父母放心，蔡蒙晨把一天的工作场景拍成了一段 Vlog 发给爸妈："别担心，我们工行的防护措施一点儿不比医院差。网点开设了多个通道方便客户进出，现金收付两条线，最大限度地降低了接触风险；我每天持续巡视厅堂，对座椅、填单台、签字笔、机具按键随时清洁消毒；我们还精心布置了工行驿站，社区工作者、医护人员累了都能来休息一会儿。看，我们一家的战'疫'事迹还登上了《工行通讯》，我一定会好好珍藏，因为它见证了我们一家人共同战斗的历程。"

## 守候是不变的承诺：电话在这头，温暖在心头

朱家坟网点的个人客户经理刘丽倩，总是微笑着站在网点门口，热情地迎接每一位到店客户。疫情发生后，网点没有了以往的热闹，电话就成了她新的阵地。

"您好，很高兴为您服务！"每一通电话，她都元气满满地接听。有一回，电话那头传来客户王女士焦急的声音："我有一笔 20 万元的定期到期了，昨天保险公司业务员给我打电话，说有一款高息产品，我又不放心，还是问问你。"刘丽倩立刻警觉起来，详细地了解了产品信息，立即联系保险公司核实，这款产品并非该保险公司的产品，王女士很有可能被骗了。于是，她立刻劝阻了王女士。第二天，王女士专程到网点送来一面锦旗，她动情地对刘丽倩说："我给孩子存的教育基金，差点被骗走，多亏了你。"

刘丽倩把热情和温暖给了客户，而留给亲人的却是忙碌的背影。她的爱人是一名民警，两人结婚半年，相聚却不足一个月。那天，在

网点忙碌了一天的她刚到家，就看到了爱人留下的字条："此次疫情，夫留守单位，待疫情过去，与吾妻，话温情。"为了让爱人放心，她回了一条微信："我知你理想与抱负，知警属之责任，疫情当前，你保护辖区内百姓安全，我守护客户资金安全，义无反顾。盼首都安好，你平安归来。"

## 战"疫"是文化的验证：同欲者胜，共济者赢

"7 月 20 日，应急响应级别下调至三级；8 月 15 日，新发地市场复市开工。"全员"零感染"，疫情风险"零发生"，是丰台工行人以责任和担当，交出的一份抗击疫情的完美答卷。

在整个战疫过程中，玉林网点的客服经理任飞麟以一幅幅精美的手绘作品，真实地记录了每一个精彩瞬间。每一个在战疫中坚守的工行人，都用自己的故事准确地诠释了工行企业文化的深刻内涵，践行了工行服务实体经济的新时代大行担当，彰显了工行使命和工行力量。天朗气清的日子，她望着拔地而起的一片高大建筑，豪情满怀地说："丽泽金融商务区建设热火朝天，有梦想有担当的丰台工行人也一定会大有作为!"如果说商务区是一只雄鹰，那么丰台工行的金融服务便是一双腾飞的翅膀。工行人致力于银企双赢，唯有双赢才是王道。

# 守护是最长情的告白

## ——《新发地战“疫”守门人》故事点评

**岳　强**

（中国作家协会会员）

面对来势汹汹的新发地新冠肺炎疫情，工行北京丰台支行坚持把打赢疫情防控阻击战作为头等大事来抓，支行28家网点，每一个都是固若金汤的战斗堡垒；660名员工，每一个都是誓死坚守的坚强战士。他们坚定地站在金融战“疫”一线，在特殊时期坚定地落实好“客户至上、服务实体”的宗旨，践行着为人民群众提供卓越金融服务、为首都金融的安全稳定发展作出贡献的初心。鲜红的党旗始终高高飘扬，660名员工坚守的身影依然历历在目，“奋力夺取疫情防控和经营发展双胜利”的郑重承诺掷地有声！

疫情大考，考的是领导干部的担当、是应对处置的速度，是统筹调度的能力。在这场防疫斗争中，作为支行的“守门人”，支行党委书记、行长始终坚持党建引领，压实责任筑牢防线，做到守土有责、守土尽责，确保了全体员工“零感染”，疫情风险“零发生”，确保了贷款审批不停步、资金发放不停步、对企业的支持不停步，既赢得了客户信任，也保持了支行稳健的经营发展态势。

在这场防疫斗争中，奋战在一线的网点负责人、客户经理、客服经理，或守阵地、严防控，维护网点运营稳定，或敲户门、做摸排，把暖心的服务带到客户身边。他们在柜台里坚守，双手被手套捂得又红又肿；他们在烈日下奔走，黝黑的脸上晒出了雪白的口罩印。他们用责任和担当，织密了一张金融“防护网”，用脚印和叮嘱守护着客户的每一份金融资产。

回望2020年，有眼泪、有骄傲，更有打不倒的逆境重生。面对疫情之危，丰台工行人众志成城、共克时艰，他们以必胜的信念，听党指挥，统一思想，统一行动，维护了工商银行作为国有大行“有情怀、负责任、受尊重”的企业形象。2020年很艰难，但他们挺过来了，收获了无论顺境或是逆境，都有坚强应对、平稳渡过的智慧和力量。面对首都“四个中心”建设的发展之机，丰台工行人必将坚定不移贯彻新发展理念，于变局中开新局，在危机中育先机，不断推动高质量发展，为打造新时代“全面领先型”银行作出更大贡献。

# 金沙江畔的工行好人

## ——中国工商银行云南昭通水富支行郭邦勇故事

每月一次的水富市水上义务救援队例行水上救援知识培训开讲了，10 多个队员站在救援队门前，聚精会神地听郭邦勇讲授救援知识；郭邦勇讲起水上救援知识来滔滔不绝，不时还示范几下救援动作要领，引来一阵阵热烈的掌声……他是中国工商银行云南昭通水富支行员工，一名有 30 年党龄的共产党员，今年已经 54 岁。

### “我是党员，这是我应该做的”

郭邦勇 1967 年 10 月出生于云南省昭通市威信县麟凤镇，1984 年高中毕业进入工行威信县支行工作；1986 年应征入伍到云南省某武警边防部队服役，参加了 1988 年耿马澜沧 7.6 级大地震抗震救灾；1995 年作为民兵应急分队成员参加威信县 5・30 特大洪灾抢险救援，事迹突出，受到昭通军分区通令嘉奖。2000 年威信县支行撤销后，郭邦勇调水富支行工作，他将乐于助人、舍己为人的精神带到水富并持续坚持，续写了见义勇为新篇章。每当聊到他的这些事迹，他总是惜字如金，就一句话：我是党员，这些都是我应该做的。

## 年过半辈　两年间先后从江中救起多人

水富县地处金沙江、横江交汇处。站在江边眺望奔腾而去的江水，无不感到大自然力量的强大；近看江中的一个个漩涡，更感莫名的恐惧。就是在这里，已经年过半辈的郭邦勇先后从江中救起 7 名溺水者。

2017 年 9 月 23 日下午 4 点，一男子见江中有人游泳，于是在不知水情的情况下下河戏水，不慎落水。当时向家坝水电站正在泄洪，郭邦勇冒着危险跳入水中施救，经过 10 多分钟的努力，成功将落水者救上岸。这是他第一次下水救人。

2018 年 4 月 21 日，一名在江边学习游泳的青年男子被江水冲走，被发现时已经冲到了下游铁桥处，情况非常危急。郭邦勇毅然跳入冰冷的江水中，奋力追了一公里多才追赶上遇险者，成功将遇险者营救上岸。

2018 年 6 月 2 日下午 5 时许，两名刚学游泳的游泳者被大浪卷进了江中，冲到了江心的急流中。这时的江水流量达到了 8000 多立方米每秒，就是水性很好的游泳爱好者也只敢在江边回水处游泳。眼看被湍急的江水冲走的两人越来越远，非常危急。此时，郭邦勇和泳友双家平毅然站了出来，抓起岸上泳友的救生包就向被江水冲走的两人追去。冒着湍急的江水，他们追出了两公里多，终于在一个叫三块石的地方追上了被江水冲走的两人，当时其中一人已手脚抽筋，精疲力竭，极度危险。郭邦勇和双家平一边安抚他们，一边用救生包将其中手脚已抽筋的人托住，带上另一人艰难地向岸边靠去，经过近二十分钟的努力，终于在一个叫打鱼村的地方靠岸。事后，被救的两人激动得热泪盈眶，连声说“我们基本上已经绝望了，想不到你们冒这么大的风险来救我们，要不是你们赶来，我俩今天就交待在金沙江了。”

2019 年 2 月，刚学会游泳的杨某在金沙江游泳，突发脚抽筋，加之对开放水域的环境不熟悉、精神极度紧张，被江水冲走后连呼救都忘记了。与杨某结伴在江中游泳的人发现杨某被水冲走后，开始大声呼救。此时，郭邦勇听见呼救后，立即拿起旁边泳友的救生包，一边脱衣服一边朝离杨某最近的岸边跑去，并沿途带上了江边渔民的渔网绳跳入江中追赶杨某，完全没有考虑自己才刚游完泳可能会因体力不支而发生危险。追上杨某后，他发现杨某已被寒冷的江水浸泡至手脚抽筋，无法动弹，连抓住渔网绳和救生包的力气都没有了。郭邦勇将渔网绳系在杨某身上，一边游一边拉，终于将杨某拉到对岸上。

2019 年 5 月，郭邦勇游完泳上岸，碰上了准备下水的徐某，因为徐某刚学游泳两天，郭邦勇特别提醒徐某江水很大很湍急，不要往江中去。下水后的徐某，看着周围的泳友都是朝江水湍急的地方去，徐某就想尝试一下，刚到江中，就被卷入漩涡中，开始呼救。郭邦勇听见徐某的呼救，便立刻拿上救生包，冲入江中成功将徐某救援上岸。

2019 年 10 月，郭邦勇和泳友一起，组建了水富市金沙江水上义务救援队，义务承担金沙江游泳者生命守护者的角色，并担任秘书长。

2020 年 1 月，郭邦勇被评为云南省 2019 年度见义勇为先进个人，受到云南省政府隆重表彰，并给他 10 万元奖金。对并不富裕的他来说，10 万元不是一个小数，差不多就是一年的工资收入。有一天，几个要好的朋友聚在一起为他这 10 万元奖金用途出谋划策，然而，令大家想不到的是，他说：奖金我一分都没有舍得花，全部捐出去了。经了解，才得知，郭邦勇在领到奖金不久，就捐给水富市教育助学促进会 7 万元，捐给水富市水上义务救援队 3 万元。

他朴实地说："捐点钱资助那些贫困家庭的孩子读书是应该的，水上救援队没有收入来源，出钱帮助购置点救援装备也是应该的。"

# 文以载道　道以明志

## ——读《金沙江畔的工行好人》的一点感悟

洪海波

（昆明市五华区作家协会副主席）

“文以载道”是中国古代文论的一种观念，是对文学作品中“文”与“道”关系的一种概括。读了《金沙江畔的工行好人》一文，首先对郭邦勇同志的事迹有了全面了解，“循道而行”这个词语映入我的脑海，神圣的使命感成就了“云南省见义勇为先进个人——郭邦勇”。

在这样一个很多人都在为生活奔忙、为工作努力奋斗的时代，郭邦勇就是其中一位平凡的工商银行普通工作者，他唯一的头衔就是一名中国共产党党员。郭邦勇是“60”后，他的经历也是一个普通人的经历，参加工作、当兵又回到工作单位，一直到中年。我相信他在工作中同样是兢兢业业、任劳任怨的。

我从文章中看到了郭邦勇的生活轨迹和他健康的身体以及高超的游泳技术，这也是他救人于危难时刻的前提。有了这个前提他才可能在波涛汹涌和深不可测的金沙江、横江的交汇处，在短短的两年时间里，救起了7个人，不论从哪个角度考虑，都是非常了不起的成就。我们知道，在实行见义勇为的行为之前，人考虑得最多的是自身的安全，在自身安全得到保障的时候才能有效地救援他人，能长期坚持不懈地保持“见义勇为”这样的行为和精神值得我们认真地学习与发自内心地敬佩。

水富在金沙江边，是一个依水而建的城市，历史非常悠久。秦汉时，水富境内就有僰人生活，地处金沙江与横江汇合处夹角地带。郭邦勇工作生活在这样一个大自然造化的环境中，他必然热爱自然、热爱生命、热爱生活，最难得的是郭邦勇更关注其他生命个体的价值，这种可贵价值观已植入他的血脉中，不可改变。

# 从抗“疫”到抗洪

## ——中国工商银行湖北武汉分行故事

浩浩长江水，巍巍黄鹤楼。2020 年农历春节即将到来的时候，一场突如其来的新冠肺炎疫情席卷武汉。从寒冬到暖春，举国上下齐心协力，一幕幕抗击疫情、抢救生命的荆楚画卷就此展开。

面对百年不遇的重大疫情，中国工商银行湖北武汉分行党委坚定信心、临危不乱，果断决策、靠前指挥，始终保持战时状态，在总省行党委的坚强领导下，一条条指令从这里发出，一项项措施在这里研究制定，一次次的工作推进，一次次的昼夜不息，为全行抗击疫情指明了正确方向。党委发出号令，全员积极响应。广大干部员工纷纷挺身而出，主动请缨，奋战在疫情防控和复工复产的第一线，一场没有硝烟的战“疫”在武汉分行全面打响。

在疫情最危急的时候，在医院、在部队、在企业、在社区，在城市的每一个角落，处处都有武汉工行人逆行的身影。他们是隔离点的“搬运工”，为了病患常常忘了自己；他们是年过五旬的“老黄牛”，日夜奔走在社区防疫第一线；他们是相携相守的一家人，在不同岗位上彼此守望；他们是稚气未脱的“90 后”，眼眸里写满清澈，战场上却义无反顾。

# “风暴眼”中的摆渡人

危难时刻，一个个你、我、他，挺身而出。党员身影，党徽光芒，闪耀在抗疫一线。在这场战“疫”中，“共产党员”成为战斗集体共同的名字，一份份请求奔赴一线的请战书，一个个饱含责任担当的庄严承诺，响应着使命的召唤，回应着生命的呼唤。

战场就是考场。武汉水果湖支行党委在接到驰援雷神山医院的紧急求助后，第一时间发起组建党员突击队的号召。2 小时内，近 100 名党员和积极分子踊跃报名。12 小时内，22 名突击队员整队出发，吹响了与疫情赛跑的冲锋号。突击队分 3 个班次，由支行党委成员轮流带队参战，每天工作 12 小时，在艰苦危险的环境中圆满完成了各项任务。他们争分夺秒把全球工行筹集的 100 多万件抗疫物资送往医院，为一线医护者送上最急需的支持。2020 年，突击队被中央金融团工委、工行总行授予青年五四奖章集体。

我是党员我先来。武汉水果湖高家湾支行就位于中南医院院内，与急诊科仅一墙之隔，可谓是处于最危险的环境。时任高家湾支行行长的熊昊麟作为抗疫主战场上的急行军，冒着感染病毒的极大风险，连续 40 天，每天出入医院。他承担起海外行捐赠湖北物资的通关免税手续，经常工作到凌晨两三点，还在受捐医院无货车的情况下乘坐救护车载运物资送到医院。他报名参加党员突击队，每天工作十多个小时，和白衣战士一起并肩作战。他多次陪同事及其家人到医院协调接诊事项，开车将 3 名危重病的员工及家属送往医院就诊，并陪伴了两个日夜。因与高危人群的接触，每一个阖家团圆的夜晚，他只能通过手机视频与妻儿相聚。但是，这依旧阻止不了他的步伐。

危难时刻挺身上。武汉经济技术开发区支行青年党员周翔，作为武汉土生土长的“儿子”，从抗疫“逆行者”到疫苗志愿者，在与白衣天使同行的74天里，他不负韶华、逐梦前行，让鲜红的党徽闪耀在胸前，让青春在党和人民最需要的地方靓丽绽放。他连续奋战74天，接送医护、运送物资，行程超过9000公里，跑遍了武汉城区医院，最多一天接送20多位医护人员。他无惧风雨，报名参加陈薇院士团队研发的新型冠状病毒疫苗二期临床试验，并接种疫苗，用生命守护生命。他被共青团中央、中国青年志愿者协会授予“全国抗击新冠肺炎疫情青年志愿服务先进个人”称号，被武汉市委、市政府授予“武汉市抗击新冠肺炎疫情先进个人”称号。

## 后勤保障的“生力军”

越是艰险越向前。武汉分行运行管理部总经理李云霞，面对疫情，统筹调度，沉着应对，确保整个运管条线高效运作，完成保障资金支付的重任。她带领运行管理人员24小时在线响应应急业务需要，疫情期间柜面累计处理支付业务33096笔，金额711亿元，为1924家单位处理代发工资982万笔，涉及金额39亿元，用实际行动支持了武汉防疫抗疫工作。她挽起衣袖，热血战“疫”，一片赤诚献给党，把初心体现在行动上，把使命落实到工作中。

疫情无情人有情。武汉汉阳支行退休党员张銮，在疫情最严峻的关头，选择无畏、毅然逆行，他采购物资、分发蔬菜，参与值守、照顾病患。他服务的小区居民50户，人口150余人。每天上下八层楼消毒，挨家挨户排查疫情。将 2 亩空地开辟成菜地，疫情期间共分发蔬菜 500 余公斤。他用朴素的情感为抗击疫情贡献力量，体现了一个老党员舍小我、为大家的初心本色。

## 乘风破浪的“突击队”

当疫情还未完全消散，梅雨季节的武汉暴雨不断、江水猛涨。2020 年 7 月 12 日，长江洪峰过汉，创下 28.77 米的历史第四高水位。英勇无畏的武汉工行人，闻“汛”而动，以“赶考”姿态，再次答好“大考”的时代答卷。在长江干堤，在汉水两岸，在渍水楼栋，武汉分行的党员们再次出发了。他们与日月同行，迎着晨光启程，伴着月光行进，幕天席地而睡，连续执勤作业，保质保量完成每次巡堤排险任务。他们迎高温、战酷暑，赶蚊虫、驱蛇鼠，把责任扛在肩上，把困难踩在脚下。他们退水不退人，蜕皮不褪色，让皮肤晒得更黝黑，让党性晒得更鲜亮。防洪大堤上那一抹工行红，映射着武汉工行人守护大城的责任担当，彰显着工商银行“工于至诚，行以致远”的价值理念。

旗帜无声，却能凝聚强大力量；堡垒无言，却能鼓舞磅礴斗志。面对任务，党员带头拼搏。“特殊时期，我不上谁上？”初心在哪里，使命是什么？武汉分行的党员们用行动，作出了最响亮的回答。

从抗疫到抗洪，一样的冲锋，一样的奔袭；从职场到战场，一样的坚守，一样的奉献。在战“疫”和战“汛”中淬炼的武汉工行人，必将在危机中育新机，于变局中开新局，也必将书写新的历史，迎来新的辉煌。

# 共产党员的优秀群像

## ——《从抗“疫”到抗洪》故事点评

梅　赞

（中国金融作家协会会员）

在人类与瘟疫、洪水斗争的历史长河中，2020年注定是不平凡、不容易和难忘的，它所经历的苦难与奋斗注定是要载入史册的。一场毫无征兆的新冠肺炎疫情在武汉暴发，并让武汉成为风暴中心；在抗击疫情取得决定性成果的春夏之交，又遇洪水肆虐。一时间，白衣执甲，逆行出征。在这座英雄的江城，上演了无数可歌可泣的动人故事，创造了无数波澜壮阔的璀璨历史；涌现出无数共产党员的优秀群像。工行武汉分行的《从抗“疫”到抗洪》，向我们展现的就是这些优秀群像中的代表。

弄潮儿向涛头立，手把红旗旗不湿。《从抗“疫”到抗洪》文章不长，却让我们读到了一幅长长的抗疫与抗洪的画卷。无论是百里挑出的22名驰援雷神山医院的党员突击队员，还是风暴中心的摆渡人熊昊麟；无论是74天充当志愿者经历了9000公里风与雪的周翔，还是“越是艰险越向前”的李云霞；也无论是表现出“疫情无情人有情”的退休党员张銮，还是在汛期的长江干堤、汉水两岸查漏堵险的共产党员们，他们无一不是武汉至暗时刻坚定的逆行者，勇立涛头者。

别看他们平时总是西装革履，温文尔雅，但在这场没有硝烟的战斗中，他们就是勇敢的战士，一样面临着生与死的考验，面临着小我与大我的抉择。但他们无疑又是胜利者，他们是黑暗时的灯塔，照亮了美与丑；是寒夜中的抱薪者，燃烧着自己，温暖他人；是生命中的诺亚方舟，给了无数绝望者以希望；更是共产党员，把“为人民服务”五个大字写在武汉的大地上，写进千千万万武汉人的心坎里，也展现了武汉工行人的风采。

这些平凡英雄的出现不是偶然的，而是近几年来，工行武汉分行党委坚持“党建引领”主线不动摇的丰硕结果。正是他们致力于党建与业务的高度融合，才培育出了大批信念坚定、不忘初心使命的共产党员，才涌现出了疫情汛情中舍生忘死的优秀共产党员。因此，我们有理由相信，经过战“疫”战“汛”的淬炼，工行武汉分行的明天会更好。

# 速度的温情和力量

## ——中国工商银行太原分行金融服务故事

战“疫”的路上，一直有着一群不一样的“国家队”，他们虽然没有冲锋在医疗一线，却在路上筑牢一道道战“疫”金融防控墙。疫情期间，为实体经济输血、为万家安康助力，是工行太原分行全体员工最平凡的业务也是最光荣的业务。疫情期间，我们无数次被抗疫英雄们所震撼，无数次在心底为那些奋战在一线的抗疫人员们加油。然而，除了他们，还有千千万万在后方默默付出与坚守的护航人。

### 战“疫”中的工行速度

2020年农历正月初五，疫情的阴霾笼罩在每个人的头顶，每天蹿升的确诊病例让所有人都紧张不已。太原解放路支行的郝行长吃过早饭，习惯性地拿起手机开始浏览疫情动态，他眉头紧皱，长期的基层经历提醒他：“现在疫情形势这么吃紧，网点的疫情防控都安顿好了，企业面临的困难可能也不小”。突然，手机铃声响起，他定睛一看，来电话的是支行重点客户某超市的财务负责人，电话接通，还没来得及寒暄，企业负责人着急忙慌地说道：“郝行长，最近的疫情对我们的影响太大了，为了保证疫情防控期间老百姓的食品供应和家居采购，市政府要求我们超市采购储备大量的民生物资，但是现在疫情期间供应商都要求现金支付，我们的资金周转缺口很大，希望工行能够提供一些融资支持，而且要快，最好是一周内搞定”。听到企业的来意后，郝行长顿觉压力山大，他心里非常清楚，按照正常业务办理流程，在符合条件的前提下，企业拿到贷款也得一两个月，一周内提款基本不可想象。但他明白，这件事必须做好，该超市在太原市拥有30余家商超、100余家门店，是太原市400万市民“菜篮子”的重要保障，在大批商店因疫情停业的情况下，担负着保民生的重要作用。

挂断电话，郝行长立即向上级行领导进行汇报，一支由省行、市行、支行相关部门组成的服务团队随即成立，此时疫情防控形势严峻，街上空无一人，人人居家隔离，作为工行人，他们勇担重任，夜以继日地投入到这场没有硝烟的战斗中。支行信贷负责人王晓蕾的母亲身患癌症，奋战在一线的她也只能把母亲托付给家人，信贷客户经理张锡峰长期患有糖尿病，另一名信贷客户经理姚晓霞家中还有两个年幼的孩子需要照料，他们全然顾不得这些，每天忙碌到深夜，考虑到企业疫情防控期间出行不便的难题，团队人员采取电话、邮件、电子银行渠道进行客户对接，真正站在客户的便利角度，尽可能地利用工行在服务模式、产品供给、营销方式等方面的创新性、便利性、灵活性优势，在利率和贷款方式方面为企业提供优惠支持。与此同时，省行和市行公司、信管、授信前中后台三个部门共同发力，短短四天时间，团队成功为企业办理了9000余万元流动资金贷款，还为其上游30余户供应商提供了4000余万元融资，用敢于担当的“工行速度”及时解决了企业资金紧张问题。企业董事长专程来到我行，亲手将感谢信送到分管行长手中，“工行真是雪中送炭，解了我们的燃眉之急”。

拿到贷款后，该超市迅速将贷款资金用于控疫防疫物品和农副产品、食品、日用品等重要生活物资采购，先后采购口罩 32.8 万个，消毒产品 7.1 吨，蔬菜 7186 吨，食用油 363 吨，粮食供应 2567 吨，肉类 964 吨，蛋奶类产品 3300 多吨，为疫情期间太原市老百姓的生活物资保障作出了积极的贡献。

金融“活水”不断流，企业战“疫”才有底气。新冠肺炎疫情防控常态化后，太原工行人更是迎难而上，贯彻“六稳”“六保”等扶助政策，不但在金融服务第一线为社会经济发展出力，也实现了经营业绩的新突破。

## 后疫情时代的工行力量

2020 年新年伊始，正值零售业务旺季冲刺的关键节点，不期而至的新冠肺炎疫情打乱了各种既定的节奏。储蓄存款作为我行个人金融业务发展的重中之重，面临疫情的冲击和各行各业的停工停产，如何突破重重外部困境成为摆在太原工行人面前的一道难题。面对困难，他们迎难而上、勇于担当，努力克服疫情影响，积极投入后疫情时代激烈的市场竞争。

2020 年夏天，随着太原市尖草坪区领导掷地有声的动员致词，太原市规模最大的南北固碾五村连拆工作拉开了序幕。尖草坪区作为太原北大门，此次城中村改造是尖草坪区最大的政府拆迁项目，也是 2020 年太原市实现全部城中村改造工作的重要组成部分，改造体量大、涉及面广，项目投入的城改补偿资金规模也很大。消息一出，各个银行同业纷纷摩拳擦掌，都在虎视眈眈地盯着这块蛋糕。城中村改造是城市化建设的重要环节，也是城市和区域发展未来的着力点，对于商业银行来讲，不仅具有显著的经济效应，而且项目辐射产生的社会效应也非常可观。为此，太原迎新街支行杨行长第一时间组织成立外拓小组，支行行长亲自挂帅组织全员展开专题会议，周密部署项目攻坚，结合实际制定营销方案，明确营销的具体要求，支行全员“个个有指标，人人挑担子”，全力打好城中村揽储攻坚战。

为了打开营销突破口，支行行长白天带领营销团队走街串巷，挨家挨户深入村民家中、田间地头，和村民坐炕头、唠家常，发放宣传折页、普及金融理财知识，向村民详细介绍工行的存款、理财、电子银行等优势产品，了解村民的实际需求。连日的走访不仅掌握了第一手的营销资料，而且拉近了我行与村民的心理距离。一位大爷拉着工作人员的手，深情地说道：“工商银行的工作人员服务态度真好，我的钱放在你们工商银行，绝对放心。”

走访村民的同时，支行安排专人和拆迁办、村委会工作人员密切对接，及时掌握拆迁政策、资金动向。在得知拆迁款即将发放的消息后，支行营销团队连夜来到村民家中，为村民制定金融资产配置方案，得到了村民的高度认可。第二天，营销团队马不停蹄，在网点开设专柜为村民办理存款、理财等各类业务，实现了从上门营销到业务落地的一条龙服务。最终，功夫不负有心人，经过两个月的连续攻坚作战，太原迎新街支行圆满完成了尖草坪区城中村改造项目的营销工作，累计拓展拆迁客户 90 余户，营销储蓄存款超过 1 亿元。



用真诚感化客户，用专业信服客户。这只是太原分行全员出击，抢抓各项业务的一个缩影。2020 年上半年，太原分行主动出击，迎难而上，努力克服后疫情时代的不利影响，与时间赛跑，与同业竞争，通过建机制、抓客群，实现了储蓄存款同业竞争、系统内贡献“双提升”，日均增量、时点增量“双第一”的佳绩，充分展现了后疫情时代的工行力量。

回顾过去，36 年来，一代代太原工行人根植人民银行“铁账本、铁算盘、铁规章”的三铁精神，围绕“支持地方经济，服务省城人民”，坚定价值创造贡献，砥砺奋进、坚毅前行，各项业务稳定发展，综合实力不断增强。展望未来，太原工行员工将同心聚力，继续讲好工行故事，服务好太原社会，做好山西转型发展的“金融管家”。

# 抗疫见真情　服务暖人心

## ——工行太原分行金融服务故事点评

崔晓农

(《山西经济日报》首席记者)

2020年新春佳节，一场来势汹汹的新冠肺炎疫情打破了万家团圆的温馨与美好。武汉“封城”，医护人员“请战出征”，全民“居家隔离”，各地涌现的无数故事让人暖心。

工行太原分行金融服务故事背景围绕2020年新冠肺炎疫情暴发以来，太原分行各层级、各条线坚定贯彻总行“48字”工作思路，科学统筹疫情防控和经营发展，充分发扬“比”和“拼”的精神，在“非常背景”下依然展现了强大的生机活力，实现了全辖区安全平稳运营和经营发展的历史性突破，涌现出了许多感人至深、催人奋进的工行故事。

该故事分为三部分，从不同层面、不同角度呈现了太原工行人在疫情来袭之时，发挥国有大行的“压舱石”“稳定器”作用，充分体现了敢于斗争、敢于担当、敢于奉献的精神面貌。

第一部分讲述了在疫情防控形势严峻情况下，太原分行积极响应金融支持疫情防控工作要求，克服种种困难，开启绿色通道，仅用四个工作日为山西某公司发放数千万元贷款，为疫情防控期间太原市400万市民的“菜篮子”提供了重要保障，切实保障了老百姓日常必需品供应企业的正常运营，有力地支持了疫情防控，保障了社会稳定。

第二部分讲述了太原分行储蓄存款业务面对疫情冲击和各行各业的停工停产，坚定重点客群战略化布局，本着优质的服务，全新的存款理念，抢抓城中村拆迁改造的有利契机，主动出击，迎难而上，与时间赛跑，与同业竞争，通过建机制、抓客群，实现了储蓄存款同业竞争、系统内贡献“双提升”，日均增量、时点增量“双第一”的佳绩。

第三部分从文化故事折射出的工行精神、工行文化谈起，讲述了企业文化对经营发展发挥的正向作用。同时，也收获了好评连连的社会效益和经济效益，为银行长远发展打下了坚实基础。

# “值得”

## ——中国工商银行贵州兴义册亨支行吴斌故事

他，以赤子为镜，对祖国怀揣满腔热忱，五次飞行、三过海关，为的是捐资送物抗击疫情；他，以初心为尺，走村串户、起早贪黑，对工作一丝不苟恪尽职守。千里奔袭、执着坚守，怀揣拳拳之心一路披荆斩棘。作为“90后”的他，一句“值得”，用担当和实干奏响“回望无悔”的青春之歌。他就是中国工商银行贵州兴义册亨支行吴斌。

### “旅行人”变“志愿者”用行动诠释爱心担当

2020年年初，新冠肺炎疫情蔓延全国，作为重灾区的武汉，口罩、防护服等医疗物资严重短缺。远在马来西亚槟城度假的吴斌心系祖国疫情，看着手机上不断推送国内医用物资紧缺的新闻，他心里十分不安：“我能为祖国做些什么呢?”在得知自己在印尼的华人朋友可以采购到大批符合医用标准的一次性医用口罩和护目镜后，他毅然决定放弃安逸的假期，带着物资回到祖国！特殊时期，印尼到中国的航班已经停飞，物资想运回国内必须转机并过两次海关，难度很大。但想到目前国内防护物资紧缺的现状，看到网上武汉各医院迫切的求助，他最终还是决定，克服万难也要带物资回国！

这个决定让他从享受安逸的旅人变成了肩负重任的“使者”，告别阳光海岸的美景踏上了千里奔袭的“囧途”。吴斌在网上找到受捐方武汉市第九医院后，便前往印尼跨国取货。因为印尼停飞中国航班，接到物资后他得飞吉隆坡中转，由于物资托运严重超重超时，随时有可能误机的吴斌一路都在尽力狂奔和时间赛跑。两次过关，吴斌均被怀疑走私，稍有不当就会被扣留和遣返，然而面对困境，他操着蹩脚的英语竭力解释，磕磕巴巴的表达掩不住他浓浓的爱心和真诚。

五次飞行、三过海关……在没有任何文件证明的情况下，在一口“塑料英语”的“投石问路”下，吴斌克服万难终于将 2 万只口罩、200 个护目镜带回国内，并于 2 月 2 日上午成功寄往武汉。这批医疗物资为武汉市第九医院送去了希望，更为这次“未完成的旅行”画上了另一种圆满的句号。

这次捐赠之行不仅让吴斌感受到了一次“人在囧途”，更让他感受到了不分国界、感动人心的大爱！不论是身为华人的口罩厂厂长以成本价出货，还是在机场时华侨免费提供物资寄放，又或是在得知情况后慷慨放行的印尼海关，又或是得知情况主动为吴斌让行的各国旅客，纷纷在用自己的方式为中国抗击疫情加油打气！谈到捐赠物资花费，吴斌笑笑说“值得！只要能出一份力，别的不重要！”

## “工行客服”到“扶贫干部”用实干勇担脱贫使命

抛开近期感人无数的工行“硬核青年”形象，“90 后”的吴斌还是一名驻村扶贫干部。从到贵州省册亨县岩架镇弄应村参加脱贫攻坚的那一刻起，这个年轻的小伙便踏踏实实地从百里县城扎根到了偏远乡村，与村民心手相牵，同心同力。

“脱贫摘帽，任重如山，贫困不除，绝不返程”，带着这样的信念，吴斌走进了这个陌生的村子。刚入弄应村时，交通是第一障碍，这里山不好爬，河蹚不过去，涨水季时更是冲断了与外界来往的唯一通道。语言是第二大障碍，这里是少数民族聚居地，99%的群众是布依族，对普通话知之甚少，而吴斌也听不懂布依话，如何沟通成了他叩开弄应村大门的当务之急。

弄应村是大村，人口多脱贫任务重。面对千头万绪的杂事琐事，为切实扭转工作被动局面，他采取盯紧靠上的“土办法”。从驻村那天起，坚持吃住在村、工作在户。清早，听到鸡叫就起床开始一天的工作，走访贫困户征询发展的建议和思路，帮忙打扫卫生，亲自上手修理漏水的屋顶，用自己的钱为困难户买锅碗瓢盆、沙发、棉衣暖炉、电磁炉等用具……白天在贫困户家忙完，晚上回村委会接着整理档案信息，当一天事毕，村口的狗都已停止了吠声。

脱贫攻坚战场的工作是全方位的，要让贫困户家庭人均收入达到脱贫线标准，更要使得贫困户家庭的医教住有所保障。吴斌刚进村时，村里有几户人家居住在危房，有的墙体已经严重变形，有的窗户仅用布遮住……“房子的问题是安全问题，危及群众的生命安全。”于是吴斌立即向当地县委县政府申请危房户的改造资金，问题小的维修加固，问题大的推倒重建，现今村民老房变新居，居住环境焕然一新。

解决了住房问题，还有村民经济收入问题，经过深入调查走访，他发现该村桔子、芒果、芭蕉和板栗基本上已经形成规模化种植，但是由于地处偏僻，道路季节性不通，农产品信息不畅，销量一直提不上去，农民收入也就成了问题。吴斌和村长积极与上级政府沟通，争取到产业路资金 120 万余元，修了一条 6 公里长的产业路。有了平坦的路，种植合作社的七百亩芭蕉、五百亩桔子和五百亩芒果地就能发挥最大的经济价值，农民的收入也随之得到增加。

疫情期间，吴斌所在的弄应村柑橘错过了春季销售旺季，18 万斤柑橘大量滞销，心急如焚的老乡一筹莫展。吴斌突然想到互联网销售方式，摇身变成“水果客服”，带着果农建起了网店，开启“带货”之路。贵州工行收到吴斌的求助，第一时间发起认购弄应村柑橘的公益活动，短短几天时间，来自全国各地的爱心订单，汇聚小山村，18 万斤柑橘销售一空，老乡们终于喜笑颜开！

经过一年多的驻村，村民们从最初的满心质疑到现在的满怀信任。吴斌开心地说：“值得的！没有什么能比从被质疑到被接受更开心的事。我们现在是一条心，一家人，连村民养的狗看到我都会摇尾巴。”吴斌从起初西装革履的“金融人”变成了现在的布鞋棉服的“村干部”，这个 1994 年出生的大男孩在扶贫一线实现了身心的蜕变。他在村民中间、在田野湖畔，一点一滴苦干实干。在以吴斌为主的驻村工作队和村支两委的全力帮扶下，截止到 2020 年年底，弄应村村民人均收入突破 10000 元，70 户贫困户实现全面脱贫，为册亨县打赢脱贫攻坚战作出了巨大贡献，为顺利推动乡村振兴打下了坚实基础。默默耕耘、乐于奉献，在付出的同时，吴斌也收获了诸多荣誉，他先后荣获了全国优秀共青团员、全国金融系统优秀共青团员、贵州省优秀共青团员、贵州省金融系统优秀共青团员、全国抗击新冠肺炎疫情青年志愿服务先进个人等称号。

习近平总书记说：“青年一代有理想、有本领、有担当，国家就有前途，民族就有希望。”“90 后”的吴斌秉承着无私奉献的精神，树新风、立榜样、传力量，不论是“千里奔袭”还是“驻村扎根”，他都用一举一动彰显着当代青年越是艰险越向前的刚健勇毅，践行着温暖人心的“工行温度”和“工行力度”。

# 平凡岗位中的勇士

## ——评中国工商银行贵州兴义册亨支行吴斌故事

郑　芹

（《贵州日报》记者）

5次飞行、3过海关，为的是将2万只口罩、200个护目镜送往抗击疫情一线；扎根弄应村，与村民心手相牵、同心同力，为的是让70户贫困户实现全面脱贫……工行贵州省分行兴义册亨支行90后青年吴斌坚信，“道虽迩，不行不至；事虽小，不为不成”。不论是“千里奔袭”还是“驻村扎根”，一举一动都践行着温暖人心的“工行温度”和“工行力度”。

2020年年初，当吴斌还在马来西亚槟城度假之时，一场新冠肺炎疫情席卷全省，让他从“旅行人”变为“志愿者”，用行动诠释爱心担当。

吴斌立即发动当地朋友找到一批符合医用标准的抗疫物资，两次过海关，面临物资严重超重可能带来的走私嫌疑，他用蹩脚的英语竭力解释，磕磕巴巴的表达掩不住他浓浓的爱心和真诚，终于成功为受捐方武汉市第九医院送去了希望。回到工作岗位的吴斌没有停下脚步，转身又加入到另一场战争之中，从“工行客服”摇身成为“扶贫干部”，深入贵州省册亨县岩架镇偏远贫困村弄应村，与村民心手相牵、同心同力，用实干勇担脱贫使命。吴斌克服交通不畅、语言不通的问题，吃住在村、工作在户，小到为百姓打扫卫生、购置生活用具、修理漏水屋顶，大到申请资金改善危房、修建产业路、打开柑橘销售渠道，一点一滴都是他怀揣拳拳之心一路披荆斩棘的信心和决心。

唯其艰难，才更显勇毅；唯其笃行，才弥足珍贵。吴斌从西装革履的“金融人”变成了布鞋棉服的“村干部”，赢得了村民们的信任，他们结成一条心、扭成一股绳，让弄应村卸下贫困村的头衔，百姓生活有滋有味、脸上笑逐颜开，新生活的起点正徐徐展开。

征途漫漫，唯有奋斗。在贵州脱贫攻坚的战场上，吴斌始终在脱贫攻坚一线保持干事创业的锐气、锤炼攻坚克难的勇气、增强善打硬仗的底气，接续推动脱贫摘帽地区经济社会发展，以勇挑重担的决心抬起脱贫攻坚的重担，用苦干实干奏响“回望无悔”的青春之歌，彰显出当代青年越是艰险越向前的刚健勇毅。

# 南非一日

## ——中非联合抗疫故事

“全球工行众志成城，共克时艰同战疫情。”这是非洲代表处 2 月上旬向湖北省慈善总会捐赠的 125 箱 FFP2 欧标口罩外包装箱上印着的一句话。如今，这句话不光成为中南银行业员工间流传的座右铭，更是成为中南两国人民的友谊见证。

2020 年新春伊始，新冠肺炎疫情来势汹汹。特别是自 2020 年 3 月 5 日南非发现首例新冠肺炎确诊病例以来，南非人民的生活便发生了显著的改变，这其中就包括供职南非标准银行的奥斯卡。

每天清晨，奥斯卡在抵达单位前都会佩戴好防护口罩。进入办公大楼，他必须经过严格的疫情筛查——消毒、填表、拍照、测温等流程，一个也不能少。

随后整个上午，奥斯卡便开始了一天的紧张工作。尽管呼吸有些困难，但全程他都会自觉佩戴口罩，耐心地为每一位客户服务。

这天临近中午时，奥斯卡特地给中国工商银行非洲代表处的好朋友小郭打了个电话，感谢好友送来的防护口罩。要知道，如果不是中国朋友的慷慨馈赠，奥斯卡还不知道从哪里能找到这么多的口罩。就因为这，他在整个社区成了最有面子的人。

“郭，感谢你送的口罩，太感谢了！”尽管不是太熟练，但奥斯卡坚持用刚学会的中文说了一句“谢谢”。他觉得，这样才能更好地表达内心的感激之情。

“不用谢！我们是朋友，不分彼此。”尽管隔着视频，但奥斯卡的内心充满暖意。

与奥斯卡几公里之隔、因疫情居家办公的小郭，这个下午都在准备召开视频会议的相关材料，以及向同事传达来自中国工商银行总行的抗疫工作指示精神。“会议要求要坚持底线思维，强化忧患意识，按照‘1+3’的工作思路和要求……”

小郭是工行非洲代表处的一名外派员工，爱人和儿子舍弃了国内熟悉的一切陪伴他来到陌生的南非。因为疫情肆虐，学校停止现场授课。隔壁房间里，儿子正在母亲的陪伴下与他的南非同学一起上网课，一字一句的发音清楚而有力。

2020 年新冠肺炎疫情发生后，一墙之隔的父子就是这样努力工作和学习的，这也正是中国工商银行非洲代表处员工在疫情之下日常生活的最真实写照。

2 小时后，来自中国捐助的口罩准时抵达南非标准银行大楼。快递盒子上醒目的中国文字“万里同心 · 守望相助”，印刻着来自万里之遥的中国工商银行的深情厚谊，这些抗疫物资的送达，彰显了工商银行和标准银行同舟共济、共克时艰。

捧着装满防护物资的纸箱，标准银行当地员工、黑人姑娘萨曼莎一时间有些激动，眼中也闪烁着泪光。

事实上，这只是中南两国银行员工共同抗疫的缩影之一——自新冠肺炎疫情在中国暴发以来，中国工商银行和标准银行集团始终团结在抗疫的第一线。即便已经过去了一年多时间，但标准银行集团全球市场部中国业务总裁 Craig Edben 仍然记得他的一次“杰作”，而这也成为中南两国银行员工合作抗疫的起点。

2020 年 2 月，作为一名“中国通”的标准银行集团全球市场部中国业务总裁 Craig Edben 已经焦虑了好久，“我的心里特别着急，我担心中国朋友出现意外”。

通过与各方协商，Craig 第一时间想到了通过标准银行和工商银行的强大合作平台，向中国传递来自非洲的正能量。

彼时恰逢中国春节，一个名为“Wear Red for China（穿红衣，挺中国）”的创意随即诞生。很快，标准银行高层批准了这一提议，标准银行集团首席执行官 Sim 更是对此予以支持，“我们关心中国朋友的安危，这个活动是一个传递爱心和支持的好机会”。

通过集团在非洲 20 国的战略布局和安排，仅仅在短短一天内，Craig 在集团内发送的“Wear Red for China（穿红衣，挺中国）”的消息从南非传送至非洲 20 个国家。从南非到肯尼亚，从安哥拉到加纳，从乌干达到赞比亚，再到坦桑尼亚，直至尼日利亚……最终于 1 月 31 日，这场活动如愿在标准银行集团总部南非及其 20 个非洲国家分支机构同时发起，共有上万名员工参与其中。

活动现场，Craig 身着他从中国带回的红色唐装。其他人也纷纷穿着红衣，手持中国小红旗；肯尼亚和安哥拉的同事们制作了红色横幅。加纳的同事手持中国的红色春联，上面映着“一帆风顺”；还有红伞、红花等，整个标准银行一时间成为红色的海洋，“中国红”深深地映入每个人的眼帘和心中。

南非同事为此次活动还特地准备了各种中国点心，肯尼亚同事们亲手制作“中国加油”“中国挺住”“祝福中国”“中国好样的”等手写卡片，并用刚学的中文努力表达着对于中国抗击疫情的支持和鼓励。其他国家分支机构的同事也通过图片和视频实现爱心的“同步”，一时间“加油中国”的呐喊声在广袤的非洲大陆此起彼伏。

“尽管相隔万里，但我们知道，眼下中国人民正经历着一个特殊的春节，他们正在顽强地抗击新冠肺炎疫情。我们与中国人民有着深厚的友谊，红色是中国的吉祥色，我们希望通过‘穿红衣’活动向中国人民表达我们的祝福和支持，同时我们也正在想方设法通过各种方式为中国朋友提供援助。”说这话时，Craig 的声音有些激动，他说，“很难想象中国人民此刻经历的困难，但以往与中国朋友交往的经历让我有充分理由相信，中国一定能够打赢这场抗击疫情的战斗。”

“我们和中国始终站在一起，支持中国，中国加油！”标准银行集团首席执行官 Sim 手举中国国旗和一张写有“加油”的红色纸张，表示中国工商银行和标准银行已经携手并肩走过 11 年，风雨同舟、勠力同心，坚信中国一定能渡过难关、取得胜利！

这场活动一直持续到午后。每当有人经过活动现场，都会专门走过来，或写下一句祝福的话语，或录制一段视频，甚至给标准银行的中国员工一个大大的拥抱，只为竭尽所能地向中国表达来自非洲的支持。

正是“万里同心，守望相助”的胞波之情，让中非交流未曾中断，两行携手共渡难关，共同为中非经贸合作提供不竭动力。

# 中非联合抗疫故事点评

王　曦

（中国新闻社南非分社社长）

这个故事令人阅之震撼，其原因在于无论是奥斯卡的电话，还是萨曼莎的泪水，亦或是Craig的创意，无不体现出疫情下的温情与感动。特别是跨越千山万水、不同种族之间的友谊，更是在疫情的衬托下显示出雪中送炭般的宝贵与难得。

这个故事还有一个难得之处，就在于以时间脉络为主线的情况下，还穿插有“前传”故事，两个故事一个体现非洲人民对中国人民的深情，另一个则体现中国人民对非洲人民的关怀，相互支持相互映衬，交相呼应，于小处着眼，刻画出中南两国银行业员工共同抗击疫情的情怀和担当。

此外，细节的运用令人印象深刻。例如南非当地银行员工如何穿戴防护设备、接受检查的流程，以及中方员工家庭内部场景的呈现，颇有“麻雀虽小，五脏俱全”的意味，用短短的篇幅浓缩了中南两国银行员工在疫情下的执着和坚守，虽然未有浓墨重彩的渲染，但从小处着眼的方式，反而更加令人观之感动。

# 申贷路不再艰难了

## ——中国工商银行青岛分行普惠金融事业部故事

“还是工商银行大行效率高、服务好，为我们公司发放这么优惠的贷款。我跑了 2 个月的贷款，没想到一天的时间就发放到位了，真是解了我的燃眉之急。”一位建筑公司负责人在顺利拿到贷款后，感慨道。

2020 年 4 月 7 日，青岛某建筑公司的负责人通过青岛新闻某栏目表示，疫情之下，自己的贷款之路走得艰难而曲折。报道称：该公司虽然各项业务项目都在有序推进，但是受疫情影响，资金链异常紧张。在这种情况下，公司负责人想到了通过贷款渡过融资关，但是咨询了多家银行，却因其名下房产分布分散、在他行存在先手抵押、个人征信多次被查询等原因屡遭碰壁。企业承担着公司资金周转停滞、施工停工、工人要账、新项目无法承接等多方压力，同时，向银行贷款屡遭拒绝、向亲戚朋友借钱又遭碰壁，多方困难累加，企业经营陷入困境……

2020 年 4 月 10 日，青岛分行普惠金融事业部了解到该情况后，闻声而动，第一时间与客户主动对接，深入企业了解经营情况和复工融资需求。随后通过线上会议的形式，与总行专业部室商讨融资方案，并牵头组建三级联动服务柔性团队，针对企业无足额有效担保措施的情况，克服我行现有普惠产品无法完全贴合企业融资需求等困难，通过“组合增信措施”方式为该客户创新设计了特殊时期支持小微企业复工复产的抗疫（开工）贷专属产品。

2020 年 4 月 11 日，在确定融资方案后，青岛分行启动绿色审批通道，简化手续和审批流程，当天申请、当天开户、当天授信、当天审批、当天放款，1 天内完成了从贷款申请到放款的全流程操作，快速为有发展前景、但受疫情影响暂遇困难的企业解决了融资困境。

这个故事是青岛分行普惠金融事业部支持小微企业复工复产的一个缩影。

自 2020 年以来，工行青岛分行普惠金融事业部坚决贯彻落实总分行党委关于加强金融服务保障的工作要求，积极做好“百行进万企”融资对接，不断优化银企对接渠道，夯实普惠金融发展客户基础，通过加大信贷支持供给、融资接续减费让利、丰富普惠产品体系、畅通线上融资通道等方面渠道，加大金融扶持力度，全面落实对小微企业的各项帮扶政策，支持小微企业战疫情渡难关。在“增信、降息、续贷、创新”等方面不断完善支持举措，积极调配金融资源，大力扶持与防疫抗疫相关的医药研发、生产、物流等行业客户和关系国计民生的企业，以为小微企业纾难解困为己任，为阻击疫情贡献大行力量。积极参与“春风行动”“贷动小微”“行长访小微”等活动，并组织开展了“千名专家进小微”“普惠金融青年先锋行动”“万家小微成长计划”等多项富有特色的子活动，对有融资需求的企业进行实地走访，收集分析数据和意见建议，宣传解读国家金融政策，推荐适合企业需求的金融产品和服务。深入构建“愿贷、敢贷、能贷、会贷”的服务体系和长效机制，全方位多层次地为客户提供“融资、融智、融商”综合化金融服务，切实提升青岛分行支持小微企业的服务质效。

面对疫情给小微企业带来的“倒春寒”，青岛分行普惠金融事业部找准痛点，瞄准需求，坚持客户至上服务实体，推出“额度高、到账快、好操作、利率低”的普惠金融产品，以“多、快、好、省”的方式为小微企业复工复产及时输血，用“最低的成本”助力小微企业重启疫情按下的“暂停键”，传递着工行温度。

面对小微企业融资难这个“硬骨头”，青岛分行普惠金融事业部精准施策，快速响应，持续加大信贷资源倾斜，对相关企业“特事特办、急事急办”，在扶持小微企业抗击疫情复工复产的路上跑出了工行速度。

一组组数据，体现了青岛分行普惠金融事业部牢记初心使命，敢于担当作为的精神。一项项工作，体现了青岛分行普惠人克难奋进，砥砺前行的状态。

鞍马犹未歇，战鼓又催征。站在新起点，面对新目标，工行青岛分行普惠金融事业部继续坚持以服务客户为宗旨，用实际行动引金融“活水”精准滴灌，进一步提升疫情防控和支持小微企业复工复产的金融服务工作实效。

# 疫情前沿勇担当　金融活水润小微

## ——工商银行青岛市分行故事点评

锡复春

（青岛日报社胶州湾分社副社长）

一个因疫情陷入经营困难急需融资的企业，一份精准对接企业需求帮助企业复工复产的融资方案，一支“践行普惠、敢为先锋”的金融服务团队，描绘出一幅国有大行通过金融之水灌溉实体经济的画面。

面对疫情带给中国经济的“倒春寒”，最受困者当属小微企业，一旦资金无法到位，可能停产乃至破产。它们看似规模不大，但千万小微与大中型企业一起，构建出支持经济发展、解决社会就业的中国社会底座。

小微企业万难之际，谁来雪中送炭，考验着中国金融机构的社会责任与政治担当，工商银行青岛市分行作为国有大行，当仁不让，不仅切实贯彻了国有大行的担当，更深刻理解了普惠金融的要义。

普惠金融乃源头活水，通达四方、兼济苍生，所到之处即便疫情过境，但依旧当有枯木逢春、重焕生机的执念。青岛工行普惠金融团队正是这海海通衢中的一支细流，为青岛经济复苏注入了必要养分，为青岛就业稳定献出了大行之力。

小微虽小，金融有情。担当者兴，实干者成。

青岛工行普惠金融的故事，可以说是工行广大员工立足岗位、担当作为的一个缩影。今年是“十四五”规划的开局之年，新时代迎来新机遇，新目标引领新发展，愿青岛工行普惠金融这涓涓细流汇聚成海，引金融活水润泽小微，助力岛城实体经济焕发出更加勃勃的生机。

# 第四篇 践行

## ——做『对党忠诚、不负人民』的践行者

对党的忠诚和对人民的热爱有着明确的实践要求。我们要传承红色金融的基因，坚持党对金融工作的领导，按党的方针办好金融、按党的纪律管好金融，做守纪律、讲规矩的国有大行。要坚守“人民金融”的底色，把人民对美好生活的向往作为奋斗目标，积极运用金融所能、发挥工行所长、满足人民所需，让工商银行永远成为人民群众“身边的银行、可信赖的银行”。

# 用生命践行使命

## ——中国工商银行湖南湘西分行文启富故事

“大排查要做到不漏一户、不漏一人”“今年猕猴桃要争取种 400 亩、油茶 950 亩”……近 10 万字的扶贫日记看似普通，但却在青山绿水间，见证了工行人扎根山村、踏实做事、励志让贫困山村改头换面的感人故事。

文启富，中国工商银行湖南湘西永顺支行副行长，入行三十多年来工作勤勤恳恳，任劳任怨，多次被评为省、市、县“优秀共产党员”“先进工作者”。2015 年的一天，他在支行党支部研究派遣县人行、工行联合驻那丘村扶贫工作队人员会议上说道：“都别和我争，我最年长，以前同志们照顾我，让我从繁重的业务工作中解放出来，但我是一名党员，希望站好最后一班岗，所以请组织派我去。”是的，即便在知天命的年纪，他也执意要投入到工行的精准扶贫工作之中，用实际行动践行一名共产党员的初心和使命。

### 心系脱贫攻坚，做贫困村的建设人

湖南永顺县高坪乡西南部，距县城 40 公里的那丘村，是典型的岩溶干旱区，全村辖 13 个自然组，427 户 1272 人，现有建档立卡户 100 户 351 人，与十八洞村一样是贫困村。初到那丘村时，该村村委会破破烂烂，村民人心涣散，外出打工人员不愿返乡。重重困难，像沉重的担子，牢牢地压在文启富所在的驻村工作队身上。

湘西自治州是习近平总书记“精准扶贫”重要论述的首倡地，也是湖南唯一一个少数民族自治州和脱贫攻坚主战场。文启富深知，驻村工作队承载着崇高的使命，更承载着乡亲脱贫致富的满满期盼，困难再大、再多，他也一定要咬紧牙关一一克服。说干就干，老文进村后对外争取项目资金，对内狠抓基础建设，指导村支部设立党员活动室、村医务室、互助五兴超市，落实各自然村组路面硬化资金 100 多万元。在村电力入户的工作中，老文更是身先士卒，对每一根电线杆都亲自测量、指挥并参与拉线。驻村不到一个月里，村里就实现了户户通电，为村民送去了照明，而且实现了电费城乡同价。一时间，老文式的扶贫加速度让这里的村民们深受感动，工作队和村民的感情也就在这一点一滴中慢慢积累起来。

## 心系贫困群众，做贫困户的贴心人

扶贫工作任务重、节奏快、细节多，“对工作认真负责，对扶贫高效精准”成为了老文的座右铭。白天走访摸底，整理资料，处理日常工作，为了工作做得更精准，夜晚加班成了老文的家常便饭。老文说，“扶贫工作无小事，关系到每家每户的切实需求，能帮助那些真正需要帮助的人，我很开心”。



当得知老寨组贫困户彭朝翠家庭情况特殊，儿子儿媳身患残疾，孙子孙女正在读书，73岁的彭朝翠老人竟然成了这个五口之家的“顶梁柱”时，老文心急如焚，马不停蹄地四处奔走，最终通过村民代表表决将彭朝翠一家整户纳入低保计划。老文认为单单纳入低保还不够，于是劝说老人一家养猪来增加收入。他向永顺工行党支部汇报后，落实了1000元产业帮扶资金，并自掏腰包1200元为其购买两头仔猪。在以后每月的走访中，看猪就成为了老文的必修课，小猪仔一月一个样地不断长大，老文脸上露出了灿烂欣慰的笑容。

贫困户谢茂顺的妻子残疾并患有精神病，女儿正在读初中，居住偏远，仅靠种植玉米生活。文启富走访发现后及时向村支两委和工作队汇报，按照政策将其纳入异地扶贫搬迁户，并建议谢茂顺养猪，同时将种植的玉米作为猪的口粮。老文帮助谢茂顺新修宅舍并申请扶贫贷款3万元，搭建养猪棚。谢茂顺养的两头母猪已多次产猪仔，2019年收入达4万元，走上了养殖致富的道路。

向才发视力二级残障，人称“五瞎子”，住在偏远的子其枯山坡上。走访过程中，老文发现他家常年漆黑一片，问其原因才知道，由于管理不善，电线被盗，已经好多年没有电了，很不方便。在老文的力争下，村里决定在农网改造时解决到位。终于在2018年5月的一天晚上，向才发家的灯亮了，他第一时间打电话给老文，“老文，电来了，我看见了，他们说我是瞎子，但我真的看见了！”开心得像个孩子。

老文这样用心用情帮助贫困户的故事还有很多很多……

## 心系脱贫使命，做扶贫事业的带头人

“别看老文个子不高，又有痛风，但是我走不过他。”驻村扶贫工作队队长宿修印说道。那丘村自然寨错落分散，工作队进驻之前路面硬化率低，无法通车，走访只能靠双脚。老文患有严重痛风，只能踱着碎步走村串户，队员们劝他多休息，老文却说："我是来工作的，不是来疗养的！这点儿病算什么。"看到微信运动里常年霸占榜首的老文的步数不再更新，宿修印红了眼眶。

五年时间，老文吃苦在前，实干在先，他带着村民栽种猕猴桃、烟叶，引种油茶，开源引水，筑路修渠，一步一个脚印，让村民们感受到了满满的真诚，也换来了那丘村翻天覆地的变化。

2019 年，那丘村较 2014 年工作队进驻前人均收入提高了 5500 元，顺利通过国家验收达到了整村脱贫目标。全村 25 户以上自然组（寨）间实现道路通畅，户间道硬化改造率达 100%。移动、联通、电信无线网络覆盖率达 100%，有线宽带网络覆盖率达 80%，电视网络覆盖率达 100%。农村电网改造工程全面完成，村民生产生活用电满足率 100%，25 户以上自然（组）寨安全饮水覆盖率 100%，安全饮水升级工程（自来水工程）完成 100%。新型农村合作医疗覆盖率 100%，农村社会保障兜底人数 120 人，农村养老保险覆盖率达 99%，农村居民居住条件极大改善，无房户、拥挤户基本消除，两户 C、D 级危房户建新入住……

然而，老文却看不到这一切了。2020 年 8 月 15 日 13 点 30 分，在奔赴扶贫点解决贫困户谢茂顺饮水问题途中，老文发生了车祸，不幸遇难，享年 57 岁。老文和他惦念的那丘村，永远留在了永顺的绿水青山之间。

虽然老文永远地离开了那丘村，离开了我们，但他那勇于担当、无私奉献、为民服务的精神永远镌刻在他惦念的这一片土地上，永远烙印在村民们的心坎上，永远激励着湖南工行人不忘初心、砥砺前行。

老文，谢谢您！

# 土地的希望

## ——中国工商银行湖南湘西分行文启富故事点评

曹　青

（中国金融作协会员、湖南省金融作协副主席）

贫穷，像一根系在人们脖颈的绳索；贫穷，使人们的生命处于生活的底端；贫穷，让人类的繁衍经不起风吹雨打。然而，贫穷是有希望根治的。

每个国家的发展都不平衡，同一个国家的不同地区发展也不平衡，同一个国家在不同时期发展的状况也有差异……这是不争的事实。

很多国家，以及世界扶贫组织关注贫困地区和贫困人群，持续投入人力、物力和财力，都有不同程度的扶贫效果，受到世人的肯定。但是我认为近八年来，中国的扶贫是人类历史上集中扶贫人力最多、调动资源最广、运用策略最优的一次扶贫攻坚战。这次战役的总指挥就是习近平总书记，他提出的“精准扶贫”工作思想，确如明灯照亮了艰难的扶贫之道。

文启富，是全国四十多万扶贫干部中的一员，是中国工商银行湖南分行的骄傲。他主动请缨，加入扶贫工作组，在长达五年的时间里深入国家级重点扶贫村——湖南永顺县高坪乡那丘村，贴近农户，脚踏实地，一个一个项目抓落实，一个一个农户不落下，小小山村，面貌焕然一新。

文启富是“60后”，80年代初考上银行学校，几十年奋斗在银行基层第一线，投身工商银行的建设，见证了县域经济的发展，与“三农”有着深厚的情感，长期受党的教育，养浩然之气，修高尚之德，尽赤子之责，于平凡之中创就伟业。

扶贫工作有很多方法，教育扶贫、金融扶贫、医疗扶贫、文化扶贫、科技扶贫、项目扶贫，等等，但山乡扶贫却是要从基础工作做起的。常言道：要想富，先修路。文启富想方设法落实村组路面硬化资金100多万元，依靠山村自然优势发展养猪、猕猴桃、烟叶、油茶等种养项目，全覆盖通电、通网络信号和安全饮水，并实现了农产品与市场的接轨，农户得以增收脱贫。

2020年8月15日，文启富在奔赴扶贫工作的途中发生车祸，不幸遇难，享年57岁。

群山苍茫，天地动容。一个善良而高尚的人走了，留下了那丘村人深深的怀念，留下了村民通往美好生活的希望之路，留下了工行人勇担社会责任的崇高精神！

# 老姨“又”来了

## ——中国工商银行广东汕头金樟支行张继武故事

网点打开门营业，每天都能遇到形形色色的客户。最近，我所工作的汕头金樟支行就来了这么一位“超级 VIP 客户”，每次她来网点都有专人迎接，“车”接“车”送，招待用餐，甚至有人帮忙跑腿办理私人业务。你问她是谁？故事还要从 2020 年 6 月的一天讲起……

### 第一章

这天，支行大堂经理张继武如往常一样向一位蹒跚进入网点的老人打招呼：“老姨（汕头当地对年长女性的尊称），请问办理什么业务?”

“我的工行存折、身份证都丢了，养老金取不了，这可怎么办?”说话的老姨姓黄，已经快 80 岁了，住在网点附近。

“老姨，您身份证丢了要去补办呀!”

“去哪里补？我一个人，什么都不懂啊……”

在老姨的诉说下，张继武得知她的丈夫、儿子都已去世了，在当地无亲无故，如今孤身一人，靠微薄的养老金生活。张继武心中觉得不忍，提出陪老姨去补办身份证。老姨仿佛瞬间找到了依靠，连声应好。接下来几天，张继武抽空带着老姨去照相馆、跑派出所，忙了一圈顺利办完了身份证补办手续。



## 第二章

过了几天，老姨又来了，掏出存折说要取钱。

张继武一看哭笑不得，老姨拿的是一张其他银行的存折。他告诉老姨，这张存折是不能在工行使用的。

老姨满口答应，可过段时间像忘记这回事一样，带着这张其他银行的存折又找上门来，说存折里面有钱，要办理取款。一来二去，张继武无可奈何，亲自带着老姨去了附近存折所属银行查询。原来这张存折是老姨过世丈夫的，但里面已无存款，老姨这才作罢。

## 第三章

7 月初，老姨再次出现在网点，神态憔悴。这次，她没有带存折。张继武上前询问，老姨支支吾吾，“家里停水了”。

也许是前面几次经历让老姨对工行有了很强的信赖感，遇到麻烦便第一时间想着到工行网点来诉说。

“怎么就没水了呢?”张继武惊讶过后，推断是老姨忘记按时交水费了。他想，虽然老姨这次遇到的问题跟自己的工作没有丝毫关系，但老人家独自一人，而且年事已高，夏日的街道热浪滚滚，跑自来水公司对老姨来说体力根本吃不消。于是他很快作出决定，开玩笑说：

"老姨，就算您没拿存折，这次的业务我们也帮您办了。"

张继武叫上一样热心肠的同事陈伟，两人一起去了自来水公司，一查询果然因为欠费时间太长导致停水，张继武帮老姨垫付了 500 多元水费。看着家中水龙头重新流出了自来水，老姨脸上露出了笑容。

## 第四章

几日后的下午四点多，老姨又来到网点大堂，一坐就是许久。

张继武询问她怎么不回家吃饭。老姨哭诉起来，原来她在家中爬高时不小心摔伤，行动不便，家里也没有米，手机点餐这些新玩意儿又不会用。一整日没吃饭的老姨，在好心人的帮助下出了家门，却下意识地又来到了工行网点。

当务之急是先让老姨吃饱饭，为了让行动不便的她少走几步路，张继武灵机一动，找出网点为残疾人士准备的轮椅，推着老姨去了对面的饭馆，为她点了粥和菜。等老姨吃完，张继武又把她推回网点。那日，阳光照在推着轮椅的张继武和安详坐着的老姨身上，这温馨的一幕让我们久久难忘……

这天以后的一个星期，老姨几乎每到下午时分便会出现。她成了我们的"超级 VIP"，张继武没空时，就会有别的同事顶替上，推着轮椅把老姨接进网点，然后给她张罗吃的。

但眼看老姨的精神越来越差，大脑也开始有些糊涂了，大伙儿担心不已，觉得不能再让她独自居住了。支行行长当机立断，决定向当地政府反映老姨的情况，一起帮助老姨寻找安全居所。经过与居委会、派出所沟通，当地政府派了义工来照顾老人。

义工来的这一天，老姨拉着张继武的手，用颤抖的声音说："你们都是大好人，工行的人都是好人!"

## 第五章

又过了四五日，老姨没有再出现，大伙儿却慌了，担心老姨出什么意外，于是委派客服经理陈伟上门去看看。

陈伟到了老姨家敲门，却没人应。邻居听到了，告诉他，为了便于照顾，前几日政府安排人把老姨送到养老院啦。听到这个消息，大伙儿终于放下心来。

10 月初的一个周末，张继武带着水果、营养品专程到养老院看望老姨。璀璨的阳光透过玻璃窗照射进老人活动室里，在这里，老姨正与一群老人家围坐在一起谈笑聊家常。见到张继武，她非常开心，紧握住他的手不放，口中不停地念着："谢谢！谢谢你们!"

后来，老姨的身影没有再出现在网点过，我们这个从 1989 年建立以来便一直默默伫立在汕头老城区的小支行同往日一样平静。网点内每日人来人往，依旧上演着一幕幕温暖瞬间：也许是一个热情的笑容，也许是一次有力的搀扶……小小的存折、银行卡把我们与千家万户联系到了一起，而经年的温暖服务让"信赖"真正如树生根。

# 可信赖的大爱担当

## ——《老姨“又”来了》故事点评

罗宏宇

（中国金融作协会员、广东金融作家协会常务副主席）

一位年近八旬的孤寡老人黄阿姨，因为到工行广东汕头金樟支行反映其存折、身份证均丢失等情况，继而发生了该行员工热心为老人解决一个又一个难题的故事，正是这一连串的小故事，像一颗颗闪光的珍珠一样，从一个个侧面反映出金樟支行员工不忘初心、牢记使命，全心全意为客户服务的大爱情怀和担当。同时，也充分印证了“工商银行，您身边的银行，可信赖的银行”的庄严承诺！

银行营业网点的基本职责是为客户办理金融业务。但当“老客户”黄阿姨遇到自己无法解决的困难时，金樟支行的大堂经理张继武、陈伟等同志主动带老人到照相馆拍照，又到派出所帮她申请补办身份证手续。当黄阿姨拿着他行存折前来取款时，虽不是本行业务，但他们仍耐心地带老人去存折开户行办理业务。特别是当老人向张继武诉说家里已停水的情况时，虽然这个问题与工行业务没有任何关系，但这位细心的大堂经理认真地帮黄阿姨家查找停水的原因，还与同事陈伟一道亲自跑去自来水公司查询，又帮老人垫付水费，使老人家快恢复了供水。因此，黄阿姨成为金樟支行的常客，工行员工成了她的亲人。

老人不小心摔伤后，给她的生活带来了更大的不便，得知消息，金樟支行行长及时将这位特殊客户的情况向当地政府有关部门反映，于是居委会、派出所及时为老人派去了义工。最后将老人安置到当地养老院，从而彻底解决了老人的后顾之忧。

“即使忘记了全世界，只要我记得你们就好。”经年的温暖帮扶让黄阿姨对这群可爱的工行人有着深深的信赖，这是不是亲人胜似亲人的感情。透过这些平凡小事，我们看到了工行人全心全意为客户服务的初心和使命，这份责任担当值得每一位工行人学习、传承、发扬。

# 换两毛存一万

## ——中国工商银行山东济南大观园支行故事

2020 年 6 月，济南的夏天，炎热而弥漫着热情的味道。这天中午，一位 80 多岁的老人拄着拐杖来到中国工商银行山东济南大观园支行，手里紧紧握着两张纸条，倔强地坚持要向行长“反映问题”，支行行长龙燕娜亲切接待了他。

原来，老人是工行的一名忠实客户，手里攥着的纸条是他洋洋洒洒写下的感谢和感动。他说十来年习惯了来营业室找崔晓颖办理业务，自己咨询的问题比较多，凡事都爱问个仔细。但无论问题简单复杂，崔晓颖都会非常耐心地解答，数十年如一日，让他极为感动。80 多岁的他虽然腿脚不便却一定要冒着酷暑从家赶来把这份感动表达出来。

“十年企业靠管理，百年企业靠文化”，“不忘初心，久久为功”，一直是大观园支行“为民服务”的信念。早在 20 世纪 80 年代，“大观人”在实践中提出了“敢为人先、求真务实、争优创佳、无私奉献”的“大观精神”。多年来，“大观人”不断传承发扬“大观精神”，在改革发展的征途上创造了一个个辉煌的瞬间，谱写了一个又一个感人的故事……

## 率先推行微笑服务　一个故事传遍全国

1995 年，一位老先生拿着一张残破的 2 角钱想换张完整的纸币，走了好几家银行网点都遭到拒绝，最后，他拖着疲惫的身子，抱着再试试的想法来到工商银行大观园储蓄所，储蓄所副主任郑群英热情地接待了他，用两张崭新的 1 角钱，兑换了老先生手中的残破币。老先生非常高兴，连声说："工行的服务就是好，有钱我就存在大观园！"第二天，老先生拿来 1 万元钱办理了 5 年期定期存款业务，从此，老大爷成为工商银行的忠实客户。

这是 20 年前的一个真实故事，故事的背后是大观园储蓄所从服务初心出发，在全国同行业率先推行的"微笑服务"和文明用语。这个故事，让济南工行成为全国服务业的一面旗帜，并引发了一场全国服务业的革命，新华社、人民日报、中央电视台等媒体纷纷对大观园储蓄所优质文明服务事迹进行了报道。

在改革发展的征途上，"大观人"不断探索，第一个在全国推行文明服务用语，第一个在全省使用电脑，实现通存通兑……大观支行用更加精准的创新举措凝聚服务之志，为每一位客户提供更好的保障。

## 特色服务与时俱进　"大观精神"至诚致远

泉水是灵动的、清澈的、透明的，滋养孕育了济南人，让济南人也有泉水一样的性格，热情、淳朴、乐于进取。正如汩汩清泉，一代代"大观人"总是以"至诚"的精神，不断创新，将卓越的金融服务奉献给广大客户。

20 世纪 90 年代的服务是 1.0 版本，大观园支行率先在同业推出“微笑服务”和优质文明服务用语，为广大客户提供普适、大众的金融服务。用“门敞开、笑相迎”取代了老百姓心中“门难进、脸难看”的服务形象。“换两毛存一万”的故事即是文明规范服务下的典型写照。

2008 年提出的服务提升至 2.0 版本，从“千人一面”向“千人千面”发展。“金融服务总管家”“金融服务无间隙”“金融服务终点站”，“三特色”的背后是服务能力和服务文化的全面提升。风雪夜，大观园支行五名员工凌晨三点为归国华侨送护照，为支行赢得服务新口碑；大堂经理于连波两天为客户粘贴拼接了 5300 元破碎国库券，赢得了“金融服务老中医”的美誉……

2018 年，大观园支行提出的服务提升至 3.0 版本，以“智惠新服务、极致新体验、如意新大观”为内涵，建设客户到店有温度、线上沟通有热度、服务内容有精度的“3 度金融大观园”。从“千人千面”到“一人千面”，将智能设备的强大功能与厅堂服务流程密切结合起来，加强场景渗透和渠道衔接，实现线上线下互融互促的高效服务体系。

## 成就员工奉献社会 “大观精神”发扬光大

服务是支行的传统优势，是核心竞争力，也是根植于员工内心的“大观精神”所在。他们用最朴实的语言和最真诚的态度践行着无私奉献、团结协作的“大观精神”。“工行济南大观园支行志愿者服务队”

的成立，使爱心公益活动更加常态化、规范化，围绕助残关爱、公益宣教等主题，成立“公益英语角”，举行自闭症儿童画作爱心义卖，走进山东特殊教育职业学院，定期为聋哑学生上“金融课”，联合学校开展“小小银行家”系列财商训练营活动，等等，以自己的力量诠释“公益大观”。

支行建成了济南分行首家“工享驿站”，为环卫工人、出租车驾驶员、快递员、送餐员等户外劳动者提供休憩场所，成为“有温度的银行”一道亮丽的风景。

支行致力于金融精准扶贫，借助“融 e 购”平台，为贫困山区优质滞销农产品打开销路，助销 4000 余斤农产品；与济南市残联签署助残公益“结对子”帮扶协议。引金融活水浇灌致富之花，大观园支行一直在路上。

几十年来，在“大观精神”的感召下，员工换了一茬又一茬，茬茬朝气蓬勃。领导班子换了一届又一届，届届成绩显著。团队上下齐心协力，谱写了无数个敢为人先的故事，涌现出了无数个无私奉献的典型人物，党的十五大代表马春芳、党的十八大代表许龙，奥运火炬手王愿红等就是其中的典型代表。支行先后荣获全国“文明单位”、全国“青年文明号”、全国“五一劳动奖章”、中国银行业协会“文明规范服务百家示范单位”等 60 余项荣誉称号。

文化引领、薪火相传。新入行员工来到大观园支行都会聆听“第一课”，走进大观家园，感悟大观文化。他们在自己的岗位上，对“大观精神”有了更深刻的感悟，也用自己的实际行动赢得了更多客户的点赞。正如一位员工在心得体会中写道，“润物无声，成风化人，并不是轰轰烈烈地解决了客户的大事才能叫优质服务，每一位服务人用自己对这份工作的尊重和热爱去感染被服务的人，就是满分服务”。

由内而发为社会奉献，感动服务是根植于每一位“大观人”心中的信念，发于心，始于行。未来，“大观人”将继续以最真诚的笑容，最充沛的热情，最温情的服务，打造富有泉城特色的服务品牌，为工行金融事业的飞速发展贡献自己的力量。

# 新形势下的文化银行

## ——点评工行济南大观园支行文化立行的内涵

王　爽

（《大众日报》行业新闻采编中心副主任）

从90年代“换两毛存一万”享誉全国，到率先在同业推行“微笑服务”和“文明用语”，再到以“智惠新服务、极致新体验、如意新大观”为内涵的服务文化深深根植，工行济南大观园支行的精彩服务故事一直都在上演，也让“她”成为全国优质文明服务的一面“旗帜”。

不忘初心，方得始终。工行济南大观园支行的最为可贵之处，是30多年来对精诚服务的步步践行、代代传承。这里的每一位员工，都时刻铭记职责所在，以守正笃实、久久为功的信念铸造了“匠心、细心、精心”的无间隙优质服务品牌，在展现工行“大观人”美好形象的同时，也赢得了客户的由衷赞誉。

以服务文化为引领，擦亮金字招牌。工行济南大观园支行一直践行和发扬的“大观精神”，其实质是勇立服务潮头，为客户提供最优质的金融服务。这其中，凝结着一代代“大观人”未雨绸缪、锐意进取的发展理念，不变的是“敢为人先、求真务实、争优创佳、无私奉献”的大观精神，成就的是在全国都叫得响的优质服务“金字招牌”。

惠民生勇担当，打造满分“心服务”。“为民服务解难题”是工行济南大观园支行一直秉承的服务理念，“她”主张客户服务从细微处着手，逐步构建起爱心银行、互联网扶贫、“大观商圈”三大普惠服务平台，为社会各阶层尤其是弱势群体提供多层次、全方位的金融服务，社会影响力和品牌价值输出能力不断增强。

注重精神传承，激发内在动力。工行济南大观园支行通过构建党建、内控、服务、家园“四位一体”的文化体系，持续深耕服务文化内涵。“她”更强调和凸显“党建 + 服务”的发展理念，以党建为“中枢”将党建文化作为细胞核，将服务文化作为DNA，突出大观精神的“传承”。

服务创新，永无止境。未来希望看到，一代代工行大观人在传承中不断创新，在发展中不断超越，以坚如磐石的信心、只争朝夕的劲头、坚韧不拔的毅力，一步一个脚印，践行“大观精神”，传承“大观文化”，在始终如一的优质服务中“勇立行业之巅，仰望璀璨星空”。

# 把使命扛进了大山

## ——中国工商银行重庆奉节支行扶贫干部肖恩扶贫故事

“奉节脐橙，大架好甜，原始生态，美容养颜，美味可口，值得拥有……”2020年12月25日，在长江三峡夔门段奉节县康坪乡大架村村民鲁仲民脐橙园，面对众多前来购买脐橙的客户，刺骨的寒风挡不住肖恩推销脐橙的热情，山谷间回荡着他那嘶哑的声音。

肖恩曾是一名退伍军人，复员后进入中国工商银行，历任财务科长、个金部经理、办公室主任等职。2015年8月，退居二线的他欣然接受组织工作安排，成为了驻康坪乡大架村扶贫工作队队员，在这条扶贫攻艰路上一干就是6个年头。

6年来，他倾心扶贫，为村民斩穷根、摘穷帽，想办法、谋出路，和村两委一起奋斗，实现了整村脱贫。6年的扶贫历程中，为村里筹措资金30多万元，解决特殊困难家庭危旧房改造12户，为30多个家庭160人解决生产和生活安全用水，帮助7名贫困学生完成学业，300亩脐橙实现旱涝保收。他因“扶贫故事多”“扶贫扶智多”“扶贫办法多”被村民誉为情系大架山的“三多”队长。

在他的扶贫征程中，故事精彩纷呈，浪花朵朵，激动人心。

## 真情帮扶，让“野人”回归人生幸福路

56岁的大架村2社村民秦罗平，左手自幼残疾，不能干重活。妻子离家出走再没回来，受人误导相信米能生米，便不做农活、不理发、不洗澡、不换衣、不与村民交往。父辈给他留下的房屋也因年久失修而倒塌，孤独地居住在稻草垛内，村民称他为“大山深处的野人”。

肖恩在入户走访时得知情况后，立即前往探究。结果发现他的户籍因住址有误早被派出所注销。针对此情况肖恩积极思对良策，亲自开车将他接到村办公室洗澡，拉去场镇理发，送他新衣，多次前往派出所沟通情况，请求各级公安系统特事特办为其恢复户籍。肖恩还结合政府部门下发的D级危房改造政策，组织工行奉节支行员工捐款、三朋四友捐资等措施，筹集资金4.2万元为秦罗平建起三间瓦房，通过微信朋友圈为他募捐家具、生活用品，并自费为他购买新棉被、桌椅板凳，帮助他搬进整洁的新家。如今的秦罗平喂养3头猪、10多只鸡，种2亩多田，年收获谷子1000多斤。

村里没了“野人”，只有勤劳致富的秦罗平。

## 扶贫更重扶智，让大山里的孩子健康成长

肖恩时刻牢记习近平总书记“智志”双扶要求，在扶贫过程中特别注重“扶智”。看到村里父辈文化程度普遍偏低、不重视子女教育培养的情况，他积极向重庆主城朋友圈发出求助信息，在他的感召下，4位民营企业家积极响应，出资10万元助力开展“情守童心、

爱与童行——留守儿童游主城”活动。2018 年 1 月 30 日，春节前夕他带着 20 名留守儿童走出大山、走进重庆主城参观学习，让孩子们体验了人生中无数个第一次：第一次参加专题讲座，第一次观赏主城夜景，第一次观看 3D 电影……其中一个孩子毕江林在欢送会上说：“以后我一定要加倍努力学习，决不再成贫困户。”

肖恩还在行里组织开展“小手拉小手，同走小康路”活动，让支行员工子女与贫困户家庭子女结对帮扶，不但解决了贫困学生学费、生活费问题，也使孩子们相互促进、共同进步。2018 年 6 月 9 日，他邀请重庆工商联青委会部分委员带着子女到大架村开展联谊活动，为 50 多位孩子举办联欢会，让孩子们相互帮助、相互学习。他还自费在村里设立了奖学基金，鼓励贫困户子女努力学习文化知识。6 年来，他为 10 名学生发放奖学金 2 万元，为考上大学的贫困户子女赠送全套西装，体面地走进大学校园。

在这片贫瘠的大山里，祖国美丽的花朵正迎接灿烂的晨曦。

## 真情敬老，当村民的好女婿

肖恩对待村民如亲人，对待老人如父辈。大架 5 社 80 岁高龄的贫困户王太祥，儿孙在外打工，独自一人居住在大架山深处，且路途遥远无公路，从村服中心去他家一次，往返要步行 3 个多小时的崎岖山路，肖恩将其纳入自己的帮扶对象。他家是土坯房，符合危房改造政策。为此，肖恩主动帮他联系施工队，远赴朱衣镇砖厂帮订购火砖，进县城帮忙购买钢筋水泥，借钱给他支付工人工资。危房改造完成后，肖恩又自己掏钱，买来材料，组织村干部和志愿者为他硬化好地坝，老人欢天喜地搬入了舒适的新家。王太祥因年老体弱多病，每次生病总是第一个电话打给肖恩，而肖恩也总是有呼必应，住院期间还经常送来营养品。当肖恩出现在病房，医护人员和其他病友总说：“你女婿又来看您了哟。”老人说：“他比我女婿还好呢！”

## 兴修水塘，建产业示范园，让贫困群众稳定增收

肖恩通过调研发现，严重制约大架村产业发展的重要因素就是缺水。村里没有一条明沟，生产生活用水全靠水塘，已导致 40 多家村民近 300 亩脐橙无收。为解决缺水问题，肖恩决定新修 600 立方米水塘，他向支行申请定向捐助款 4 万元。2018 年 10 月，他带领村干部和村民四处勘查选址，不分昼夜施工。水塘建成后不但解决了脐橙园地的灌溉用水，而且使脐橙增产 20%，户均增收 2000 元以上。

为解决产业空心问题，他开着私家车，带领村干部和村民代表，先后考察了开州、巫山等地，用支行捐助的 5 万元资金购买“巫山曲池脆李”苗 6000 株，在海拔 900 米大架山上建起了核心果园 200 亩的“中国工商银行扶贫产业示范园”，成立了“奉节县康坪乡大驾山脆李种植专业合作社”，待脆李园成熟后，30 多户村民将实现年产值 20 余万元。

## 危难之时显身手，让疫情彻底控制

2020 年新春佳节之际，一场突如其来的灾难降临中华大地。肖恩简单收拾了行李，告别还沉浸在团聚喜悦气氛中的家人，带着家里

仅有的30个口罩，立即奔赴扶贫村投入到疫情防控一线，与村干部一起天天入户监测村民体温，登记外出务工返乡人员，宣传防疫知识。在抗疫战中，肖恩利用自己人脉关系广，自费1000多元购买口罩、酒精和消毒液，解决了村干部和贫困户防护物资短缺问题。自发生疫情以来，村里没有出现一例被感染或传染的事例。为确保贫困户生产生活不受疫情影响，他还积极主动用私家车为村民运送抗疫物资和春耕春种物品30多车次，计重2万多斤。

2016年6月3日，肖恩因突发脑溢血入住医院救治，但也未中断他的扶贫路。他在病床上说：“我虽然已59岁了，身患严重的高血压、糖尿病、脑溢血后遗症、腰椎间盘突出等疾病，但扶贫路绝不会因年龄退却，只要身体力行，仍将继续为祖国脱贫攻坚事业书写新的华章！”说这话时，肖恩眼中泛起了坚定的目光……

# 情系脱贫践使命　办法总比困难多

## ——工行重庆奉节支行扶贫干部肖恩故事点评

张富伟

（人民网重庆频道金融事业部主任）

“在扶贫路上我不会因年龄而退却，只要身体允许，将继续为祖国脱贫攻坚事业书写新的华章！”这是肖恩对扶贫事业执着追求的铿锵誓言。他情系大架山，倾尽所能帮助村民解难题、重教育、兴产业，实现整村脱贫致富，用实际行动展现了一名党员“不忘初心、牢记使命”的勇毅担当。

扶贫必先“有爱”。肖恩带着真挚情感，多次入户走访，想方设法帮助“大山深处的野人”恢复户籍、新建房屋、重启生活；他对待村民如亲人，自掏腰包为贫困老人修缮房屋、陪护看望。正是这份爱心和真情，激发着肖恩把扶贫事业落小落细。

扶贫必重“扶智”。肖恩牢记党中央“智志”双扶要求，注重扶贫与扶智相结合。他牵线搭桥，带领留守儿童走进重庆主城参观学习；组织单位、社会组织人员子女与村里贫困户子女结对帮扶；他还自费在村里设立奖学基金，资助贫困户子女学习。正是这份使命和责任，催促着肖恩把扶贫事业做长做远。



扶贫必抓“兴业”。输血扶贫只能解一时之急，提高造血功能才能有持久之效。肖恩将扶贫与解决产业“空心化”结合起来，带领村民兴修水塘，发展脐橙产业；购买脆李苗，建起扶贫产业示范园，成立脆李种植专业合作社……凭着这份决心和毅力，肖恩不断把扶贫事业做实做稳，助力村民稳定增收，脱贫致富。

肖恩的事迹被人民网、新华网等多家主流媒体报道，还获得诸多荣誉——重庆市“脱贫攻坚先进个人”、重庆市金融工会“金融五一劳动奖章”、重庆市金融精准扶贫劳动和技能竞赛“先进个人”、奉节县“脱贫攻坚工作先进个人”……但他总觉得自己“做得还不够”。年近六旬的他身患高血压、脑溢血后遗症、腰椎间盘突出等疾病，亲友们劝他“换人吧”，他却说：“决战脱贫攻坚之后仍要接续奋斗，乡村振兴的新使命等着我，村民们还需要我。”这些话，个个字闪着金光，更让工行行徽闪光。

扶贫干部应当像肖恩那样坚守初心和使命，用心用情、用智用力，继续奋斗实干、创新巧干，为抓好巩固拓展脱贫攻坚成果同乡村振兴有效衔接作出新的更大贡献。

# 一封千字信

## ——中国工商银行江苏徐州淮海东路支行李培禹故事

2018 年夏，工行江苏徐州分行行长室收到一封饱含深情的千字表扬信。刚刚参与临柜工作三个月的李培禹没有想到，这封信竟是写给他的。

### 正己修身　学思践悟落于行

那是 2018 年 7 月的第一天，八十多岁的李老先生从北京回到老家，带着七十多岁的妹妹来到徐州淮东支行营业室办理存折支取现金业务，可是老太太忘记了账户密码，重置密码又需要本人签字确认，老太太不识字，不会写自己的名字，一时之间有些尴尬，犹犹豫豫不知如何是好。坐在柜台里办理业务的李培禹一眼看出了老太太的窘迫，微笑着表示可以采取按指纹的方式代替签字，老太太紧锁的眉头瞬间舒展。后续李培禹熟练地重置了账户密码并为其支取了现金，业务结束还不忘提醒老人注意资金安全。一旁的李老全程看在眼里，当即找到当班领导，向其表扬了李培禹的贴心服务。

第二天李老又来办理业务，在排队过程中特别要求小李同志为其办理。老人要将7万元现金存入其定期账户，可是部分现金潮湿导致点钞机无法正常清点，李培禹便耐心地进行手工清点。存好钱之后，老人再次找到网点负责人表扬李培禹。谁知小李同志和老人的缘分还没有结束，一周之后，江苏徐州市分行行长室便收到了一封来自北京的表扬信，洋洋洒洒千余字详细描述了李培禹办理业务的过程，高度赞扬了李培禹爱岗敬业的精神和认真负责、热情服务的工作态度。



## 上下求索　磨砺为船勤为桨

这封表扬信写给李培禹不是偶然的。记得2016年刚刚参加工作时，李培禹一听说总行的人才交流计划，便主动要求参加，后被选派至工行河北石家庄信用卡客户服务中心交流工作，其主要工作职责是接听客户诉愿电话，处理客户意见和投诉。在信用卡客服中心工作的一年半期间，李培禹共计接听了近5万通业务电话，多次受到客户的肯定与表扬，客户评价得分和满意度始终名列部门前茅。

2018年年初，李培禹根据安排到徐州淮东支行营业室担任现金柜员。他勤学善问，积极自学和向前辈请教，很快就掌握了现金储蓄业务知识，成为一名合格的储蓄业务客服经理。2018年下半年，支行人员变动，导致会计结算和外汇业务柜员人手紧缺，从未接触过对公业务的李培禹主动请缨，迎难而上，接手了知识体系更系统、业务难度更大的对公结算和外汇处理业务。那段时间，除了在上班时苦学业务技能外，李培禹还在班后认真整理业务笔记，认真梳理复习业务流程。不到两个月的时间，他就凭借自己的不懈努力熟练掌握了对公结算和外汇业务。支行和网点领导都对小李赞不绝口，多次表扬他学习勤奋刻苦，对工作认真负责。

热情的服务态度，极高的工作效率，让他在日常工作当中收获了客户的认可。“这小伙子服务真好，讲话总挂着笑”，“我以为在银行办业务会花很长时间，结果小李既快又好地帮我办好了业务……”短短四年中，从信用卡电话服务坐席到现金柜员再到对公结算柜员，他变得愈发成熟、愈发自信，从青涩懵懂的新人逐渐成长为独当一面的服务标兵。

## 抱朴求真　成如容易却艰辛

李培禹同志的敬业精神不仅仅表现在服务工作上，更体现在他对工作的认真负责的态度上。2019 年年底，李培禹突然查出甲状腺肿瘤，医生建议尽快手术治疗。在李培禹刚刚做完手术的第三天，营业室突遇一笔专业性较强的境外汇款业务，新顶岗的同事见该业务如此复杂，一下心里就没了底。此时李培禹伤口处的引流管还未取出，只能请家人帮他举着手机与同事沟通。同事在他的指导下顺利完成了业务，感叹道：“李老师真厉害！没有平常工作上的深厚积累，是记不住那么多操作细节的。”后来新冠疫情暴发，尚在恢复阶段的李培禹了解到支行营业室人手紧缺的情况后，多次主动提出返岗支援的请求，但行领导考虑到他的身体状况和当时严峻的防疫形势，让他在家好好休养。春节假期刚一结束，他再次向支行致电，表示自己的手术很成功，身体也已恢复健康，完全可以适应柜面工作的强度。在李培禹的坚持下，最终他于 2020 年 3 月初火速返岗，与同事们并肩作战，为区域内重点企事业单位的防疫资金结算工作贡献了自己的力量。

李培禹对待工作认真负责，他长期严格要求自己，将工行服务文化践行于日常工作中，苦练服务本领，热情周到服务客户。他秉承“工于至诚”的服务理念，坚持为客户营造宾至如归的归属感。他始终坚定自己的人生信条——“如歌岁月应无悔，似水年华必有为”，在自我砥砺中敏思笃行，以无忧无惧的态度直面人生，坚信越努力多一点，幸运也就多一点。

## 先进引领　比学赶帮共进步

为弘扬先进精神，发挥先进标杆的引领示范作用，进一步提高全行员工的优质服务意识，全面提升服务水平，以这封千字表扬信为契机，徐州分行结合当时正在开展的“温暖服务　百城接力”活动，在全辖开展“温暖服务大讨论”活动，号召全行员工学习李培禹的敬业精神，立足本职，建功立业。

各基层单位纷纷热火朝天地组织开展各类讨论活动，大家纷纷为提升徐州分行的服务质量献计献策，将自己的感想写成文章刊发在网讯专栏，在“工商银行徐州分行”公众号上积极跟帖参与讨论。一篇篇感想、一段段讨论表达了员工的心声，道出了广大员工对李培禹的敬佩和对改进服务的决心，在全辖形成了“提升服务从我做起、从现在做起”的良好氛围。“温暖服务大讨论”活动的开展，有效提升了徐州分行的服务水平，形成了“学先进、赶先进、争当先进”的热潮。

# 如歌岁月应无悔　似水年华必有为

## ——工行江苏徐州淮海东路支行李培禹故事点评

张　扬

（新华报业集团中国江苏网记者）

“一个陌生人冒昧写这封信，是想向你们反映一下你们一个员工的情况。”2018年，一位耄耋老人的来信，在江苏徐州分行掀起了一场服务提升大讨论。两页多的表扬信，对该行青年员工李培禹热情周到的服务大加赞赏。这是对李培禹同志的褒奖，也是对江苏徐州淮海东路支行服务管理的认可，更是对工商银行整体的信赖。

这封表扬信写给李培禹并非偶然。2016年7月刚参加工作时，李培禹通过总行人才交流计划，公派至河北石家庄信用卡客户服务中心交流工作，一年半的时间，李培禹接听了近5万通的业务电话，他用“耐心”换“暖心”，用“心意”换“满意”，收获了客户的认可。从参与石家庄信用卡电话服务中心的交流锻炼，到从事柜面服务，再到担任运营主管，他始终坚持站在服务客户的第一线。

如歌岁月应无悔，似水年华必有为。对待工作，李培禹初心不改，将“客户为尊、服务如意、员工为本、诚信如一”的服务理念践行于日常工作中，不断提高专业水平，提升服务效率，急客户之所急，想客户之所想，为客户营造宾至如归的归属感。日复一日的热情服务，让“偶然”的概率不断叠加，最后“必然”会收获客户的真诚赞扬。

奋斗从来不是喊口号，它体现在工作的每一个细节当中。在徐州工行，还有许多像李培禹一样的青年，正奋斗在一线岗位上。其实这一封表扬信的背后，是无数名兢兢业业、脚踏实地的工行员工，是无数次专业热情、耐心周到的服务。只有一以贯之的优秀服务，才能碰撞出感动客户的火花。基层网点的每一名员工，都是工行服务的践行者和代言人。每一位工行员工的磅礴力量汇聚起来，必将展现新气象，实现新作为，谱写新华章。

# 消费扶贫暖人心

——中国工商银行宁波分行公司大客户服务中心党支部故事

中央有部署，支部有行动。2020年是打赢脱贫攻坚战的收官之年，工商银行宁波分行公司大客户服务中心党支部深入学习贯彻习近平总书记关于扶贫工作的重要论述，按照总、分行党委统一部署，创新开展“党建共建+消费扶贫”工作，先后与十家直营集团客户共同发起“党建共建促发展，消费扶贫暖人心”活动，积聚扶贫众智、汇聚扶贫众力、凝聚扶贫众志，把扩大消费扶贫作为巩固扶贫助困攻坚成效的重要举措，在扶贫攻坚战中发出“工行好声音”。

## 集众智，共建扶贫的“金点子”有了

2020年年初，突如其来的新冠肺炎疫情平添了料峭春寒。面对“大考”，宁波分行公司大客户服务中心党支部紧紧围绕集团“春润行动”，全力推进金融抗疫，支持企业复工复产，围绕“春融行动”，全力推进稳外贸稳外资，支持外贸企业融资需求，围绕“春暖行动”，全力助推打赢脱贫攻坚战各项工作。

在推进“三春”工作、走访集团客户的过程中，中心客户经理偶然听某集团老总感叹了一句：“扶贫是我们企业的社会责任，我们也想多作贡献，但怎样才能扶到点子上，这个还真有点难度。”

说者无心，听者有意。企业有需求，工行有服务。很快，中心党支部就用实际行动回应了企业客户所需所想。

2020 年 5 月 26 日，中心党支部召集所有党员召开了“春暖行动”专题支委会，商议如何联动客户抓紧抓实抓细扶贫助困工作。大家开动脑筋，你一言，我一语，从联动的渠道、方式到可行性、操作性都作了探讨，逐渐把目光聚焦到了“融 e 购”平台扶贫馆和消费扶贫上。

“工行‘融 e 购’扶贫馆里汇聚了全国 23 个省市 100 多个国贫县的优质农产品，我们可以发动企业客户，让他们通过到‘融 e 购’扶贫馆采购贫困地区的农产品，实现消费扶贫。”

提议一出，立刻得到了大家的一致“点赞”：“对，这样‘以购代捐’‘以买代帮’，既变‘输血’为‘造血’，帮贫困地区的农产品打开销路走出大山，帮贫困地区人口增收脱贫；又在助力企业参与扶贫的同时满足了企业单位和个人的消费需求；还能在其中增进与企业客户的合作联系、展现工行责任担当，一举多得。”

就这样，支委会商议确定依托“融 e 购”平台，以“工行搭台子、与企业结对子”的方式，与某集团为代表的民营企业、外贸企业共十家，共同发起“党建共建促发展，消费扶贫暖人心”活动。

“党建共建 + 消费扶贫”的“金点子”就此诞生。

## 聚众力，消费扶贫结出硕果

有了“金点子”，工行宁波分行公司大客户服务中心党支部说干就干。

中心客户经理们走进一户一户集团客户，进行消费扶贫宣传指导，积极引导集团客户在企业员工福利、食堂物料等采购上多通过“融 e 购”平台采购扶贫农产品，既帮助贫困地区克服疫情销售农产品，又增加员工对集团的归属感、幸福感，有力促进扶贫助困落到实处、取得实效。

专题支委会召开后不到半个月，中心党支部就与某集团股份有限公司总部党支部签订了首个民营企业党建共建协议，并组织支部党员和客户经理多次上门辅助该集团员工登录工行“融 e 购”平台，通过平台内多家贫困县商铺采购大米、油等物品。

专题支委会召开后仅一个月，“党建共建 + 消费扶贫”的倡议又得到了宁波市某知名纺织企业的积极响应。该企业在疫情期间，积极支援防疫抗疫，捐赠款项及物资共计 600 多万元，展现了一家民营企业的社会担当，近几年也响应中央及国家号召，致力于开展扶贫工作。当该集团董事长得知宁波分行公司大客户中心党支部“党建共建 + 消费扶贫”的“创意”，并观看通过工行“融 e 购”平台扶贫馆购买扶贫农产品的现场操作后，当即表示“工行‘融 e 购’网上扶贫馆的做法，和集团的扶贫思路可谓一拍即合”，连说：“这个做法可以！这个渠道好！”随即，该集团党支部与工行宁波分行中心党支部迅速签订党建共建合作协议，并在中心党员协助下完成了平台注册和产品购买。当饱含“山海情缘”的扶贫大米到货时，中心党员还上门一起搬运，企业再次表示扶贫责任义不容辞，将持续扩大消费扶贫规模，加大平台农产品采购力度。

一番努力换来累累硕果。“党建共建促发展，消费扶贫暖人心”活动第一期即实现消费扶贫金额逾 20 万元。近年来，中心将其部分直营大客户先后发展成为工行“融 e 购”平台入住商户。而这次的党建共建活动，又推动这些集团商户在工行“融 e 购”平台中购买扶贫商户的农产品，银企在共赢中显合力，在共赢中谋长远发展。

2020 年 9 月，中心又趁热打铁，迅速贯彻落实总行扶贫“金秋行动”，积极投身“万企参与、亿人同行”全国消费扶贫月活动。工行宁波分行公司大客户服务中心党支部进一步引导党建共建的十家集团客户采购总行名单内的贫困地区农产品。至当年 11 月末，短短 2 个月时间里该中心实现消费扶贫总额 700 余万元，为“金秋行动”贡献了力量。

## 凝众志，中心党支部走在前头

其实，早在“党建共建 + 消费扶贫”的创意出现前，工行宁波分行公司大客户服务中心党支部就已经在消费扶贫的道路上先行一步了。

2020 年 5 月，中心党支部在全体党员中发起“扶贫抗疫，消费暖心”的倡议。《倡议书》号召全体党员、干部认真落实总行“春暖行动”工作要求，按照总行定点扶贫名单，党员先行，通过工行“融 e 购”扶贫馆购买贫困地区农产品，身体力行推动消费扶贫。中心全体党员及积极分子纷纷响应，24 人积极认购了共计 6532 元的扶贫消费券，购买了四川金阳迷科乌洋芋、大凉山丑核桃、苦荞芝麻酥、花椒油等各种扶贫农产品，形成人人关注、人人参与、人人奉献的扶贫态势和良好氛围，为全面打赢脱贫攻坚战贡献自己的力量。

2020 年 6 月 11 日，中心党支部扶贫故事被旗帜网以“党建共建促发展，消费扶贫暖人心”为题发布于该网站地方机关党建栏目。2020 年 9 月 11 日，中心被宁波金融总工会授予“宁波金融系统疫情防控和复工复产先进集体（团体）”荣誉称号。

积力之所举，则无不胜也；众智之所为，则无不成也。2020 年是决战脱贫攻坚、决胜全面小康的收官之年，工行宁波分行公司大客户服务中心党支部创新推进“党建共建 + 消费扶贫”工作，践行初心使命，勇担社会责任，汇众智、聚众力、集众志，努力提升扶贫工作质效，种好扶贫工作“责任田”，让党旗在脱贫攻坚道路上高高飘扬！

# 党建扶贫贵在实干

## ——工行宁波分行“党建＋消费扶贫”工作故事点评

张正伟

（《宁波日报》、甬派客户端评论员）

党的建设是我们党领导革命和建设取得胜利的法宝之一，而这项工作能否取得成效，最重要的一条要求就是紧密联系实际，干在实处、走在前列。工行宁波分行公司大客户服务中心党支部开展的“党建＋消费扶贫”工作之所以成效显著，关键在于扣紧了助力脱贫攻坚这个当前党的工作最大的“中心”，推出了共建共促、消费扶贫这个最暖人心的创新。

首先，“工行搭台子、与企业结对子”这个出发点找得实。我们看到宁波分行找到了与企业的共识，也就是“共建共促，消费扶贫”这条新路子。正如某集团负责人所说的，企业非常想参与扶贫攻坚，不缺钱、不缺人，唯独缺少渠道。工行宁波分行提出的“党建＋消费扶贫”模式与党的中心工作密不可分，同时又不空喊口号，脚踏实地，既有高度，又有新意，到了与企业的最大公约数，所以才有一拍即合、一呼百应的效果。

其次，变“输血”为“造血”，平台型消费扶贫这个着力点抓得实。短短半年，十家大型集团企业参与，一次“金秋行动”采购额近800

万元。我们看到，工行宁波分行的“党建+消费扶贫”落地快、参与度高、成效明显，其中的原因就是这项工作很接地气，它改变了捐款、认购等传统的“输血式”、一次性扶贫模式，而是借助“工行融e购”这个平台，发挥网络活跃度经常性采购、“造血式”扶贫。这样，企业和单位就可以随时随地参与，不但保持了社会公益活动的积极性和持续性，还能帮助贫困地区的产品自由流通、常态化销售，一定程度上防止返贫现象的发生。

最后，党建扶贫这个新模式可以做得更实。扶贫攻坚是一项久久为功、功成不必在我的长期战略。依托网络平台，开展党建扶贫的工作模式契合了党中央深化脱贫攻坚、迈向全面小康的决策部署，对于挖掘和帮助更多贫困地区的特色产品出村、出山、出海大有裨益。相信工行宁波分行只要创新引领、干在实处，这项功在当代、利于长远的扶贫工程一定能走出宁波、勇立潮头。

# 为了巴山深处孩子们的微笑

## ——中国工商银行管理信息部党总支“爱心助学”故事

突如其来的新冠肺炎疫情，对于地处大巴山区四川万源市茶垭乡中心小学的孩子们来说，又是一场未知的威胁。这里的人们，刚刚摆脱了贫困的束缚，眼看着日子一天天的好起来，他们再也经受不住大的折腾了。

疫情无情、人间有爱，工行人没有忘记他们。2020 年 5 月 14 日，学校开学这天，一个意外的惊喜，驱走了师生们心头的乌云。总行管理信息部挂职交流干部、万源市副市长肖利，受管理信息部党总支委托，为贫困户学生送来了口罩和爱心午餐捐款 5000 元，给孩子们防控疫情、坚持学习提供了及时援助，孩子们露出幸福的笑脸。这已经是他们第 6 次捐款了，事情还得从四年前讲起。

### 一次影展　牵动了工行人的心

2017 年 4 月，一场名为《桥——中国工商银行定点扶贫工作摄影展》在总行本部举行，管理信息部党总支组织全体员工参观摄影展。

这次展览以“桥”主题，分为“踏上责任之路”“搭建希望之桥”“面向未来与希望”“通往文明和进步”四个部分，共143幅照片，展出了总行有关部门赴四川省贫困地区进行调研和慰问的摄影图片。面对这一幅幅感人的照片，看着照片上贫困地区孩子们渴望的眼神，大家的内心受到强烈冲击，心情久久不能平静。

“我们绝不能让孩子们受苦!”摄影展参观结束后，大家发出了共同的心声。党总支立即组织召开“爱心帮扶”座谈会，即将赴四川参加定点扶贫工作的文州同志，向大家介绍了我行近年来扶贫工作情况和定点扶贫地区的现状，同志们情绪激昂，为“爱心帮扶”工作献计献策，大家表示，要对贫困户学生提供精神关爱，尽我们的微薄之力，再苦也不能苦孩子。

目标就是方向。党总支扶贫干部文州在万源市走访中了解到，按照国家对贫困学生午餐帮扶政策，贫困学生在学校的午餐费仍然需要家长自己承担一部分，对于贫困家庭来说有一定压力。文州及时向党总支书记苏宗国反映了这一情况，党总支研究决定，通过捐助“爱心午餐”的形式进行对口帮扶，制定了“爱心助学5年计划”，全体党员每年多缴一个月特殊党费，持续资助贫困学生。他们在万源市茶垭中心小学选定25名贫困家庭学生，为他们提供爱心午餐资助。首期“爱心助学”帮扶捐助活动共收到75名党员和8名群众捐款1.5万元。四年来，他们从未间断，先后进行爱心捐款6次，共捐出3万余元。此外，捐助学习生活用品等，累计价值1.3万余元，为孩子们送去工行人的温暖。

学生们感激地说：“感谢工行的叔叔阿姨给我们送来了文具，还有爱心午餐。”学校校长袁春不无感慨地说：“社会责任，大行担当，看着孩子们吃上营养丰富的爱心午餐，我们打心眼里感谢工行，感谢总行管理信息部!”

## 一件棉衣　让孩子们感受到春天的温度

万源市地处巴山腹地，一到冬天，天气就十分寒冷。党总支的党员们虽远在千里之外的北京，却惦记着万源市茶垭中心学校贫困家庭学生。今年这么冷的天，那里的孩子们怎么过冬?

党总支委一班人经过研究，决定开展一次“暖童行动”，倡议通过捐献特殊党费，为孩子们每人购置一件羽绒服，这一倡议立刻得到了全体党员积极响应。2019 年 1 月 7 日，赴地方挂职干部、万源市副市长文州同志带着党总支全体党员满满的爱心，把 25 件崭新的羽绒服送到了茶垭中心学校的 25 名贫困家庭学生手中。孩子们穿上羽绒服，热流在心中激荡，他们自发组成“爱心”队形，拍成照片发给工行的叔叔阿姨们，以表达感谢之情。

在每个孩子心中，都清楚地记得几个月前的情景。2018 年“六一”儿童节前夕，党总支利用在四川分行调研管理信息工作的机会，赶赴万源市茶垭中心学校开展贫困学生慰问活动，为孩子们赠送了钢笔、水彩笔、圆规等学习文具。党总支苏宗国书记还为孩子们送去了浓浓的节日祝福，他鼓励孩子们:“要勇敢面对生活困难，坚定信心，好好学习，健康成长。”巨大的关怀，莫大的鼓励，工行人的大爱，如同绵绵的巴山山脉，在孩子们的心中延伸，通过工行人的善举，把党的扶贫政策阳光温暖的播撒在他们幼小的心田。

## 一封家书 表达着工行人无尽的挂念

在积极为孩子们提供物资捐助的同时，党总支还时刻关心着贫困家庭孩子们的成长和心理健康。

2017 年 12 月，党总支组织开展了“给山里孩子的一封信”活动，向管理信息部全体同志发出倡议，号召大家及其子女与受资助的贫困家庭学生“结对子”，搭建书信沟通的桥梁，让他们感受到更多的关爱和鼓励，帮助他们解决学习和生活中遇到的烦心事。

倡议发出后，全体员工踊跃参与，为了给孩子们送去更多的温暖，有的同志还通过自己年龄相仿的子女给山区孩子们写信，以同龄人的视角进行交流，继而引起更多的心灵共鸣，拉近彼此间的距离。团支部还为茶垭学校团支部及孩子们附赠了新年贺卡，随信一起寄出，送上“心”的关怀和问候。

鸿雁传情，这跨越千里的爱，不仅成了山区孩子们心的支撑，也是管理信息部全体员工爱的依托，在他们之间架起一道美丽的彩虹。一封看似平常的书信，既让孩子们感受到社会的温暖和善意，同时让他们心灵得以慰藉，坚定了好好学习、将来回报社会的决心和信心。几年来，和孩子们的书信交流，在大部分员工中已经成为一种习惯，他们与 20 多名孩子保持经常的书信交流，成为无话不谈的知心朋友。

## 一片赤诚 传递工行人炽热的真情

一花独放不是春，百花齐放春满园。在管理信息部这个大家庭，党总支就是他们坚强的堡垒，每个党员就是一面旗帜，集体的力量影响和带动着部里的每一位党员。

一次，工商银行总行收到一封来自边远山区万源市八台镇学校的感谢信。信中讲述了中国共产党员、工行管理信息部副总经理陈道斌博士，将他荣获的工行第二届“大行工匠”奖金，全部捐赠给万源市八台镇中心学校 10 名优秀困难学生的感人事迹。像这样的感人事迹，在管理信息部还有许多。党总支全体党员在“爱心助学”行动的感召下，自觉、自愿地投身到对贫困家庭孩子的帮扶中，不求名不求利，不以善小而不为，默默无闻地付出，为脱贫攻坚作出积极的贡献。

五年来，工商银行管理信息部党总支始终没有忘记履行自己的社会责任，先后派出两名处级干部，赴四川省万源市参加定点扶贫工作。他们始终心系大巴山的贫困孩子，“爱心助学”活动受到行内外广泛好评，提升了工行的知名度和美誉度，为打赢脱贫攻坚战贡献了工行力量。

# 爱在大巴山

## ——工行管理信息部党总支"爱心助学"故事点评

杨　军

（中国作家协会会员，陕西金融作家协会主席）

习近平总书记指出："全面建成小康社会，最艰巨的任务在贫困地区，我们必须补上这个短板。扶贫先扶智。让贫困地区的孩子们接受良好的教育，是扶贫开发的重要任务，也是阻断贫困代际传递的重要途径。"工商银行管理信息部党总支始终没有忘记肩负的社会责任，秉承工行人"工于至诚，行以致远"的优秀文化，认真落实工行金融扶贫工作领导小组工作要求。2017年开始他们制定了"爱心助学五年计划"，不间断地为大巴山贫困山区万源市茶垭中心学校的贫困孩子送去爱心和温暖。2017年和2019年分别派出文州、肖利两名处级扶贫干部，赴四川省万源市参加定点扶贫工作，充分发挥扶贫干部桥梁纽带作用，切实解决脱贫攻坚难题。

爱心助学，一路同行。从一次影展开始，牵动了工行人的心，也成为连接管理信息部党总支与大巴山贫困孩子们缘分的起点；一份爱心午餐，让贫困家庭孩子摆脱餐费烦恼；一件棉衣，让孩子们感受到春天的温度；一封家书，凝聚着对孩子的期许和鼓励；一只口罩，表达着疫情期间工行人千里之外的担忧和挂念。五年来，他们始终心系大巴山的贫困孩子，从未间断，先后进行爱心捐款6次，共捐出3万余元。此外，捐助学习生活用品等，累计价值1.3万余元，为孩子们送去工行人的温暖。

大爱无疆，筑梦未来。工商银行管理信息部党总支用高度的责任感和使命感体现工行人的责任与担当，用切切实实的行动把党的扶贫政策阳光温暖的播撒在孩子们幼小的心田，用真情实意点亮孩子们未来前行的道路。

涓涓细流，汇成大海。习近平总书记指出，“扶贫开发是全党全社会的共同责任，要动员和凝聚全社会力量广泛参与”。我们需要有管理信息部党总支敢于担当、甘于奉献的精神，不求名利、苦干实干的情操，从群众利益出发，从解决实际问题出发，不折不扣落实各项扶贫工作要求，调动每个党员的积极性，立足本职，主动作为，为扶贫事业播撒更多希望的种子、留下更多光辉的足迹。

# 后 记

《奋进新征程——中国工商银行工银文化荟故事集》由中国工商银行企业文化部组织编撰，讲述了工行干部员工在决胜全面建成小康社会、打赢脱贫攻坚战、统筹推进疫情防控和工行转型发展工作中的奋进故事，展现新时代工行人的坚守与奉献、责任与担当。

本书从全行各机构44万员工征集的故事中，评选出30个奋进故事，300万人次参加了评选，并邀请行内外30余位知名作家、媒体人进行了点评。这些故事中，有28年用服务诠释真诚的老党员，有在三尺柜台中成长的“90后”大行工匠，还有把使命背进大山的第一书记……从大漠戈壁到东南沿岸、从草原深处到南海三沙，从服务到扶贫、从抗洪到抗疫，从一个人到一群人，每一个小故事到大作为都用真实的笔触，记录了工行人拼搏的瞬间和奋进的姿态。

他和他们，是我们身边每一个平凡的他，也是一群优秀的他们。在编撰这本书时，我们反复研读这些故事，反复感受故事中的每一个细节，一次又一次地被故事的情节和人物打动。我们想通过真实的故事，让每一位读者在他们身上找到对精神力量的认同感，激励广大读者从身边平凡人物的故事中感悟初心使命、汲取奋进力量。



本书从征集、评选到出版，凝聚了全行广大干部员工的付出，在评选的过程中，行内外知名作家对每个故事都进行了精彩点评，在此，向所有为此书供稿、甄选、修改和编撰的单位、作家和作者们致以最诚挚的谢意！

日月其迈，岁律更新，大行泱泱，大潮滂滂。《奋进新征程——中国工商银行工银文化荟故事集》付梓之际，我们深知每一个故事背后都承载着工行人的初心使命，囿于诸多因素，这些故事无法记录每一位在奋进路上的奔跑者，遗珠之憾在所难免。

在建党百年之际，我们谨以此书致敬新时代的奋进者，坚持用习近平新时代中国特色社会主义思想武装头脑，从党的百年奋斗历程中汲取不竭的精神动力，不忘初心奋进新时代，牢记使命展现新作为，在全面建设具有全球竞争力的世界一流现代金融企业的新征程上开拓前行。

编　者

二〇二一年十二月

策划编辑：柴晨清
责任编辑：柴晨清

**图书在版编目（CIP）数据**

奋进新征程：中国工商银行工银文化荟故事集 / 中国工商银行 编 . — 北京：东方出版社，2021.12
ISBN 978 - 7 - 5207 - 2661 - 0

I. ①奋…　II. ①中…　III. ①故事 - 作品集 - 中国 - 当代　IV. ① I247.81

中国版本图书馆 CIP 数据核字（2021）第 271991 号

**奋进新征程**
FENJIN XINZHENGCHENG
——中国工商银行工银文化荟故事集

中国工商银行　编

東方出版社 出版发行
（100120　北京市西城区北三环中路 6 号）

中煤（北京）印务有限公司印刷　新华书店经销

2021 年 12 月第 1 版　2021 年 12 月北京第 1 次印刷
开本：710 毫米 ×1000 毫米 1/16　印张：13.75
字数：160 千字

ISBN 978 - 7 - 5207 - 2661 - 0　定价：60.00 元

邮购地址 100706　北京市东城区隆福寺街 99 号
人民东方图书销售中心　电话（010）65250042　65289539